# Sabines

La publication de cet ouvrage a été rendue possible grâce à l'aide financière du ministère des Communications du Canada, du Conseil des Arts du Canada, du ministère de la Culture et des Communications du Québec et de la Société de développement des entreprises culturelles.

© XYZ éditeur
1781, rue Saint-Hubert
Montréal (Québec)
H2L 3Z1
Téléphone : 514.525.21.70
Télécopieur : 514.525.75.37
Courriel : xyzed@mlink.net

et

Guy Demers

Dépôt légal : 2e trimestre 1999
Bibliothèque nationale du Canada
Bibliothèque nationale du Québec
ISBN 2-89261-253-5

Distribution en librairie :
Dimedia inc.
539, boulevard Lebeau
Ville Saint-Laurent (Québec)
H4N 1S2
Téléphone : 514.336.39.41
Télécopieur : 514.331.39.16

Conception typographique et montage : Édiscript enr.
Maquette de la couverture : Zirval Design
Photographie de l'auteur : Chantale Kellett
Illustration de la couverture : Gustave Moreau, *Galatée*, 1880
Illustration des pages de garde : détail de la couverture

# Guy Demers

# Sabines

*roman*

XYZ
éditeur
Romanichels

*À Sabine, où qu'elle soit.*

*Mais à Stéphanie aussi, enfin, presque ;*
*Et à Judith, qui ne le mérite pas ;*
*À Melissa, qui n'existe pas ;*
*À Manon, qui qu'elle soit ;*

*À Josée, que j'aime.*

*Et à ma mère pendant que nous y sommes.*

# Moi, Monet Martin, enfant cubiste

> L'Éternel Dieu fit à Adam et à sa
> femme des habits de peau, et il
> les en revêtit.
>
> Genèse, 3 : 21

Même petit bébé j'étais laid. Tout joufflu, tout rond, tout rose... mais laid. Et c'est une chose rare un bébé laid, franchement laid. S'il arrive à l'occasion de se pencher sur un berceau et d'y découvrir un poupon un peu moche, un peu raté, personne n'hésite pourtant à le caresser et à le chatouiller doucement ; et si le bébé sent bon ; s'il sourit un peu ; si on perçoit un pétillement dans ses yeux géants, on oublie sa laideur et on devient du coup tout mou, tout doux.

Mais mon cas dépassait les bornes. J'étais atrocement laid, laid de face comme de profil, du matin jusqu'au soir, de la tête aux pieds, sans répit, comme l'ennui. Et ceux, rares, qui se penchèrent sur moi pour me caresser la joue se souviennent encore aujourd'hui de la stupéfaction qui les figea sur place, un doigt en l'air, paralysés d'étonnement au-dessus de mon couffin.

J'étais laid.

Dans un monde meilleur, plus sage et plus doux, on m'aurait discrètement étouffé au berceau, pour m'éviter de vivre cette laideur atroce et pour épargner au monde ma rage et mon dégoût.

C'est ma mère, ma tendre mère, qui, croyant sûrement bien faire, m'ouvrit grand ses bras protecteurs, malgré mes allures de fœtus avorté. Et c'est une chose étrange que cette femme approchant la cinquantaine se soit attachée au fruit de l'ovule périmé dont je suis issu ; le dernier qu'elle ait pondu au faîte d'une vie de désordre et d'abus.

Tendre mère...

Petite fille mignonne et tranquille durant l'enfance, elle était entourée par un monde solidement bourgeois qui perdit peu à peu, puis tout à fait, son emprise sur elle. Elle devint butée et insolente, sans raison apparente (elle à qui on donnait tout!), résolue à ne pas se satisfaire de la niche qu'on avait prévue pour elle. Ses parents, rapidement dépassés, la confièrent aux nonnes du couvent qui, outrées, la placèrent sous la supervision plus serrée des curés, avant que ces derniers en appellent finalement à l'évêque, qui dut bientôt s'en remettre à Dieu... Cette année-là, mes grands-parents périrent dans l'incendie d'un hôtel. Personne n'osa voir dans cette tragédie la réponse de Dieu aux suppliques de l'évêque; mais reste que ma mère se retrouva subitement riche, et libre...

Libre...

Jeune fille, elle fouillait partout afin de se procurer les romans interdits dont son époque était féconde. Jeune femme, elle se présentait aux inconnus sous les noms de Bovary, Chatterley, Lescaut ou Karenine. Au grand dam de ses frères, elle se faisait envoyer d'Europe tous les journaux socialistes, et les patrons de toilettes indécentes. Lorsqu'elle passait près d'une usine, elle criait «Germinal!» en levant le poing, puis entonnait *L'Internationale* à tue-tête, le menton bien droit. Elle aimait publiquement le cigare, le whisky, la bière; et ne ratait jamais une occasion de citer Baudelaire ou de promouvoir les bienfaits de la masturbation en prophétisant la mort de la bourgeoisie. Plus une chose était interdite, moins elle trouvait les ressources d'y résister.

Elle vivait à l'index, pour et par l'index, tout entourée d'index pointés vers elle; index auxquels elle s'accrochait comme à une bouée, effrayée qu'autrement elle sombrerait dans je ne sais quoi, pour je ne sais quelle raison. Et c'est ainsi qu'à une époque où les femmes, au Québec, devaient choisir entre le couvent et le mariage, ma mère, libérée de la servitude ordinaire de ses contemporaines par un héritage confortable, consacra sa vie au scandale et à la provocation.

Je ne crois pas qu'elle connut de grandes amours. Elle passait son temps à voyager de pays en pays, d'amant en amant, de sursis en sursis, à se tisser un long manteau d'aventures incroyables : un grand châle dans lequel elle s'enroulait la nuit quand elle dormait seule. Elle dormait souvent seule. Libre. J'imagine que les simagrées des courtisans bourgeois de cette époque, les bouquets de fleurs, les billets doux, les effusions sentimentales et toutes les pirouettes asexuées des préludes à l'anglaise lui levaient le cœur. Surtout qu'à la fin de ce cirque, les noces terminées, tout ce que ces hommes lui proposaient au fond était la prison cossue d'un salon bourgeois. Si elle avait pris un mari parmi eux, c'eût été simplement pour le cocufier avec la moitié du prolétariat québécois. Alors elle voyageait. Elle traversait un océan pour se donner à des hommes qu'elle abandonnait lorsqu'elle revenait par ici. On raconte même dans la famille, à mi-mot dans les boudoirs, que vers la fin des années trente elle était connue, voire célèbre, parmi la faune des cafés parisiens. Arrivée là, de coup de tête en coup de cul, superbe devant les Français-qui-savent-tout, on dit qu'elle aurait taquiné Breton et Éluard, éclipsé Gala et mis Artaud sur le chemin de sa folie avant de finalement choisir Picasso, le peintre, pour un temps. On prétend aussi que le célèbre tableau de ce non moins célèbre peintre, *La femme qui pleure*, est un portrait de ma mère, et non de Dora Maar comme on le raconte encore dans les livres et les musées.

*La femme qui pleure*...

C'est un tableau remarquablement peu attrayant. On voit ma mère à peu près de profil, peinte en bleu, en vert, en jaune et en rouge, la bouche grande ouverte pour crier au ciel, avec des yeux n'importe comment, d'où giclent des larmes comme le jus d'un fruit qu'on mord.

Elle était belle...

Je les ai souvent imaginés tous les deux, seuls dans un vaste atelier. Lui, un pinceau dans chaque poing, qui s'énerve et s'agite devant sa toile ; et elle toute nue (pour un portrait !), qui soutient longuement son regard. Quand rien n'allait plus côté pinceau, il devait se jeter sur elle, les mains barbouillées de couleurs, pour lui faire l'amour en dessinant sur ses seins et son ventre avec ses doigts. Et si j'ai bien rapiécé les rumeurs avares qui ont circulé au sujet de ma naissance, ce serait au terme de ce manège (qui dura probablement des jours et des jours) que Picasso-le-peintre, Pablo Ruiz Picasso, Le Picasso lui-même en personne, besognant tour à tour ma mère et sa toile avec la même intensité, créa du coup son célèbre portrait, et moi. Résultat : je suis aussi difforme dans la vie que ma mère sur le tableau !

Même embryonnaire j'étais laid...

J'aurais préféré qu'elle vive au quinzième siècle, ma tendre mère, et qu'elle s'appelle Mona Lisa, au risque de m'être retrouvé avec quatre jambes et quatre bras !

On ne se choisit pas...

Une fois enceinte, elle revint au Québec et s'employa à trouver une sage-femme pour l'aider à mettre bas le laideron grouillant qui poussait contre ses viscères. La chose ne fut pas simple, mais elle en trouva une. Elles devinrent rapidement amies, et ma mère, pour le reste de sa grossesse, se soumit entièrement aux prescriptions de sa sage-femme. Jour après jour, elle s'appliqua à une foule de rituels et de diètes farfelues, se badigeonnant le ventre de crèmes, de parfums et d'onguents de toutes sortes ; selon le cycle lunaire, la météo ou l'humeur générale de sa sorcière. C'est en conclusion de ces traitements bizarres, loin des salles stériles des hôpitaux, dans un salon peint en rouge, entre les mains d'une brûleuse d'encens qui marmonnait des choses incompréhensibles en balançant sa crinière grise par-derrière et par-devant, que ma mère me mit au monde en ricanant étrangement...

Tendre, tendre mère...

Elle s'opposa évidemment au baptême chrétien que la famille voulut me faire subir. Seule, elle déclara que mon nom serait Monet Martin. Monet pour la peinture, bien sûr, et Martin, nom de fille de ma grand-mère maternelle, par défi. Le nom de Monet me va très bien, d'ailleurs. Car, si de loin j'ai à peu près apparence humaine, de près j'ai l'air d'une esquisse barbouillée à la sauvette. C'est mon prénom en fait qui, plus tard, me mit la puce à l'oreille et m'amena à faire le lien entre les voyages de ma mère, le peintre espagnol, son tableau de 1937 et moi.

La famille n'a jamais rien avoué.

Puis elle est morte. J'avais à peine trois mois.
Poussière…

Les gens meurent, c'est tout.

Ne restait plus que moi, bébé difforme et souriant, pour témoigner de son passage sur terre. Un témoignage encombrant pour la famille, en fait une source d'embarras pour ce clan de chirurgiens et de prélats qui voyaient probablement dans ma laideur la marque des péchés de ma mère. «Laid comme le péché», murmuraient-ils sûrement entre eux, penchés sur mon berceau. Ils furent tentés, sans doute, de mettre un terme prématuré à cette histoire; mais ces gens de haute stature, qui détenaient pourtant entre eux l'expertise nécessaire pour écourter discrètement mon séjour sur terre — et promouvoir mon âme au paradis —, me placèrent finalement sous la garde d'une vieille tante décrépite et compétente.

Le sang, que voulez-vous!

C'était une vieille bigote à peau sèche, ridée de la tête aux pieds, chauve et édentée, qui puait le fromage et le lait caillé. La peau de l'index et du pouce de sa main gauche était dure comme du cuir aux endroits où elle faisait glisser les grains de ses chapelets, à force de prières mécaniques. Elle avait toujours un chapelet en main. Le dimanche, elle traînait son chapelet du dimanche, au bout duquel pendait un lourd crucifix de fer. Les autres jours de la semaine, elle en utilisait un autre : le chapelet des jours de semaine. Pour le carême, elle avait son chapelet du carême, où le Christ paraissait encore plus maigre que d'ordinaire; et pour Pâques, un autre encore, sur lequel le Christ souriait presque. On trouvait dans sa collection un chapelet pour les enterrements et d'autres pour les mariages, pour les baptêmes, pour les premières communions, pour les confirmations… et encore un autre pour ceci, et un autre pour cela, comme si elle cherchait à signifier à

Dieu, en changeant de chapelet, les raisons pour lesquelles elle priait d'une fois à l'autre.

Les prières, elles, apprises par cœur, restaient les mêmes, toujours les mêmes...

Enfermé avec cette vierge octogénaire aux ovaires nécrosés dans un appartement du Plateau Mont-Royal, j'allais être tenu en quarantaine afin que les mœurs de ma mère, par ma personne, n'aillent pas se propager comme un virus à l'humanité entière. Ces gens, je crois, voulaient me voir expier par une enfance sans reproche les égarements dont j'étais le fruit ; et me faire vivre, sur terre, le purgatoire de ma mère. Ce logis, donc, cette vieille, et les odeurs qu'on imagine, furent toute ma prime enfance.

La prime enfance...

Étonnamment, je fus un bambin merveilleusement heureux. Je passais des journées entières à ramper par terre et à lécher tout ce qui me tombait sous la main ; émerveillé tantôt par les reflets de la lumière sur les planchers vernis, tantôt par les ailes friables du cadavre d'une mouche ou encore par le goût subtil du verre, du coton ou du caoutchouc. La moindre chose cachait une explosion de sensations nouvelles ; et rien ne m'interdisait de croire que toute ma vie allait se dérouler ainsi : emmitouflé dans une couverture de flanelle, à me frotter contre un radiateur tiède, absorbé dans une jouissance naïve et innocente. La santé est une joie lumineuse ; et l'enfance, quand personne ne vous viole ni ne vous bat, c'est l'Éden.

Dans mon paradis terrestre, il y avait aussi la vieille. Elle apparaissait de temps à autre par une porte, le dos voûté, silencieuse et tremblotante, pour m'épier un instant et disparaître aussitôt. Elle connaissait ses devoirs et s'imposait ainsi des rondes de surveillance. Lorsqu'elle m'entendait pleurer ou gémir, elle venait promptement vérifier si je n'étais pas coincé sous un meuble ou en train d'étouffer, un hochet enfoncé dans la gorge. Elle m'inspectait rapidement puis, satisfaite de voir que ma vie n'était pas en danger, elle s'en retournait. Mes éclats de rire la laissaient de glace. Mes petits gazouillis, mes sourires et mes façons ne l'atteignaient pas.

Quand je souillais ma couche, par contre, elle accourait. Elle me prenait alors; me déshabillait; me nettoyait; me saupoudrait les fesses, avant de me remmailloter dans des langes propres et chauds; puis elle allait me déposer là où elle m'avait trouvé. Les déjections du corps lui faisaient l'effet d'un blasphème. Tellement qu'elle-même ne devait plus chier que de petites noix sèches et inodores. Mais dans ce corps décrépit, l'odorat avait conservé toute son acuité. Et dès que je me mettais à chier, j'entendais ses pas parcourir le corridor. Souvent elle me soulevait de terre avant même que j'aie terminé; et je lui chiais dans les bras, ravi! Impossible de la déjouer.

On peut dire que j'ai mené cette vieille par le bout du nez. Car c'était la seule façon de contraindre cette pauvre nonne égarée à me toucher un peu. Alors je chiais à pleine couche pour la forcer à me ramasser et à me nettoyer. Je chiais des tonnes, c'était la seule façon... Pour chaque gramme de nourriture avalée, je pouvais chier un demi-kilo de fiente verte et mollasse qui dégageait une odeur pareille à une alerte à la bombe. Véritable alchimiste, je chiais même après un biberon d'eau! J'ai probablement chié plusieurs milliers de fois mon propre poids de merde durant l'enfance. J'en ai chié de toutes les couleurs, en couvrant un registre symphonique de textures et d'odeurs.

La vieille y trouvait aussi son compte. En fait, elle n'attendait rien de la vie que ce genre de punition, croyant de cette façon marchander avec Dieu sa place au ciel. Alors elle me torchait, impassible, chaque fois qu'elle me trouvait, difforme et gazouillant, avachi dans ma couche pleine et suintante de merde aux moindres interstices. Comme elle était sensible, cette vieille sèche, aux desseins supérieurs de l'humanité! Mais reste que les mains sèches de cette vieille vierge amère me réchauffaient et me donnaient du plaisir. Elle me nettoyait en maugréant à voix basse, en invoquant tous les saints. C'est ainsi que je suis venu à bout d'apprendre à parler. J'imitais les sons qu'elle émettait, en observant son visage pour comprendre comment les articuler pendant qu'elle frottait mes fesses, mes cuisses, mon sexe et mon ventre avec un linge humide et tiède.

J'ai aimé cette vieille. Elle était toute ma vie. J'ai donc chié beaucoup et longtemps. J'ai même appris à marcher penché légèrement vers l'avant, les genoux fléchis, pour compenser ce contrepoids odorant au fond de ma culotte. J'ai d'ailleurs gardé cette démarche un peu grotesque, ces allures de vieillard prématuré, des décennies durant. L'enfance nous habite longtemps.

Tendre enfance...

Éden...

Quand arriva le temps de l'école, la vieille m'habilla d'un pantalon gris, d'une chemise blanche, d'un gilet gris à col ouvert et d'une casquette à visière souple.

Une vraie poupée.

Je portais encore la couche, une épaisse couche de coton, mais je ne me soulageais plus souvent dedans depuis que la vieille me forçait à la changer moi-même. Dans mon pantalon d'école, déformé aux hanches par la couche, j'avais l'air d'une vieille naine sans seins.

En plus, j'étais laid…

Elle était heureuse, la vieille momie, le matin où elle me reconduisit jusqu'à l'école où la famille m'avait fait inscrire. Elle s'arrêta sur le trottoir devant la cour et, d'une légère pression dans le dos, me poussa dans le monde comme au fond d'un trou.

Je fis deux pas en avant, puis, figé sur place devant une foule de bambins bruyants, les yeux rivés sur les ballons colorés et lumineux sur le fond gris des uniformes, je me mis à chier si fort que mon pantalon se gonfla comme un ballon. C'était la première fois que je chiais par révolte. L'amour est une chose complexe.

La vieille, alertée par l'odeur, me tira par la manche et me ramena à l'appartement, suffocante de honte. Après m'avoir nettoyé, elle m'enferma dans ma chambre et me fit jeûner jusqu'au lendemain afin de me renvoyer à l'école l'estomac et les intestins vides… Mais je chiai quand même. Je chiais l'air de mes poumons, je crois. Et ce fut le même manège le lendemain, le surlendemain, et pour le reste de la semaine. Elle ne me nourrissait plus du tout et me gardait enfermé sous son étroite surveillance. Mais j'étais tout aussi déterminé qu'elle… Cette guerre de tranchées dura trois semaines. Et je faillis bien me digérer les viscères, me chier tout entier et disparaître comme le serpent qui se mange la queue — mais à l'envers —, pourtant elle vint à bout, cette vieille nécrosée, de me faire entrer à l'école.

L'école n'est pas rose. C'est un monde de bagarres, de trahisons, de mensonges, de complots et de moqueries où les enfants perdent leur innocence à force de se mesurer entre eux. Une fois poussés les uns contre les autres dans les classes étroites, tous ces petits rois sont jetés dans une course où s'opère une sélection cruelle. Si un bambin est trop maigre ou trop gros, s'il a un nez trop long, des oreilles trop larges ou les yeux un peu croches, il finit invariablement par s'attirer une rengaine idiote ou un surnom cruel. Souvent les deux. Si un autre est plus beau, plus fort et plus rapide que la moyenne, il devient automatiquement chef de bande. Et il importe au premier, à un si jeune âge, de faire preuve de courage pour surmonter ses handicaps ; et au second de trouver la sagesse de savoir que tous ses combats ne sont pas pour autant gagnés d'avance. C'est là que tout, souvent, se décide…

Mais personne ne faisait attention à moi. Moi qui étais pourtant la créature la plus laide du monde, j'aurais dû subir les plus vils traitements qui soient, ce qui m'aurait inculqué le courage d'un grand homme ou les travers d'un maniaque (ou les deux à la fois, comme c'est souvent le cas). Mais personne ne se moquait de moi ; pas plus qu'on ne se moque d'un chien qui se lèche les testicules ou d'une mouche qui se régale d'excréments : attitudes rebutantes à nos yeux, mais naturelles à ces espèces. Ma laideur était si extrême qu'elle me plaçait en marge du genre humain. Pour tous ces bambins, je n'existais pas. Même ceux qui étaient chroniquement rejetés de tous m'ignoraient. J'étais laid au point d'être invisible.

Invisible…

Mais j'étais bien, loin des combats de l'enfance.

Dans mon petit uniforme gris, déformé aux hanches par ma couche, je marchai à l'ombre de ce petit monde en observant les amitiés et les trahisons qui, de fil en aiguille, consomment et digèrent l'enfance. De classe en classe, d'année en année, je poussais caché derrière ma laideur comme derrière un faux miroir d'où je pouvais voir sans être vu, debout sur le rebord du creuset au fond duquel tous les autres étaient fondus. Je vis naître les lieux communs vers lesquels toute cette marmaille allait converger toute sa vie. Je vis naître les attitudes et les langages qui allaient être les leurs jusqu'à la mort. Je vis se séparer les forts des faibles, les dominants des dominés, les bons des méchants, les grands des petits, comme si on distribuait les rôles d'une pièce de théâtre. Rien ni personne n'aurait pu me convaincre d'aller les rejoindre. Quand on regarde tout ça de loin, on dirait une colonie d'insectes...

Le collège où le clan familial choisit de me faire poursuivre mes études était à côté d'un collège de filles. Les cours des deux écoles, séparées par un grillage, débordaient d'enfants à chaque récréation ; et à travers le grillage nos deux espèces pouvaient s'observer, chacune convaincue que c'était l'autre qui vivait en cage.

C'est une bonne idée de séparer les sexes. Dans un monde meilleur, ils seraient séparés à jamais.

À la récréation, dispersés en grappes le long de la clôture, les élèves de ma classe s'amusaient souvent à crier des injures à leurs voisines, en appuyant leurs propos de gestes obscènes aux significations obscures. Les jeunes filles répondaient rarement à ces insultes, préférant s'éloigner dans l'espoir que les garçons se fatigueraient. Mais ces pauvres abrutis interprétaient habituellement ce repli stratégique comme une victoire, ce qui les encourageait à crier encore plus de grossièretés, comme les visiteurs d'un zoo qui s'amusent à agacer un lion en cage. Ce n'est pas sage d'agacer un fauve enfermé. En plus de courir un risque, on ne fait qu'étaler sa peur et sa lâcheté.

L'inévitable, évidemment, ne fut pas évité…

À la rentrée de 1953, les filles du collège voisin passèrent à l'offensive. Comme si elles avaient comploté la chose longuement entre elles, toutes ces fillettes hier inoffensives s'étaient déniché des nichons je ne sais où pour les parader dans la cour de leur école, de l'autre côté du grillage, hors d'atteinte. Elles en avaient rapporté pour tous les goûts, de toutes les formes et de toutes les grosseurs possibles. Avec plus ou moins de succès, elles avaient aussi appris l'art pourtant complexe de croiser et décroiser les jambes, de battre des cils, de frémir des narines, de bouder du menton et d'exiger du bout des lèvres. En quelques mois à peine, le temps d'un été, les fillettes enjouées et naïves de l'autre côté de la grille s'étaient transformées en un vaste sable mouvant de non-dits subtils et de gestes équivoques. Il fallait les voir, mes compagnons d'infortune, abrutis de testostérone, regarder les filles de l'autre côté du grillage pour comprendre qu'ils avaient perdu l'esprit. Et il suffisait de voir toutes ces femelles nouvelles faisant parader leurs jambes, leur ventre, leurs seins, leurs hanches et leurs fesses, faisant du moindre geste, du moindre mot, du moindre regard un casse-tête indéchiffrable, pour comprendre qu'elles avaient arraché la domination du monde des mains de leurs jeunes frères.

C'est là que, subitement, se termina l'enfance.

Du coup, le monde exubérant mais rangé de l'enfance sombra dans le marais de l'adolescence, comme le vaisseau d'or du poète. Tout n'est qu'intrigues et discordes depuis... Tout désormais allait être larvé, caché, sous-entendu, fait par-derrière, par motivation sous-jacente, avec le poids du passé... Adieu, les enfants.

Un gâchis!

J'aurais voulu rester encore à l'écart, indifférent; mais je fus victime moi aussi de cette étrange offensive. Le désir de me gagner les faveurs d'une de ces fillettes, n'importe laquelle, m'étouffait. C'était une torture de voir leurs cheveux danser et leurs seins rebondir. J'aurais donné ma vie pour quelques heures avec l'une d'entre elles. Mais je savais d'avance que même le dernier des laiderons laissé pour compte, que même la plus fade idiote sans fesses ni seins, la plus esseulée des naines bossues désespérée de plaire même à un mammifère cousin de l'espèce humaine n'aurait jamais pour moi que des regards hautains, dénués du moindre signe de la plus sommaire concupiscence. J'étais laid.

Laid.

Invisible, en fait. Ce n'était pas que les filles ne me regardaient pas, mais bien qu'elles ne me voyaient pas. Quand, dans la rue, je me plaçais sur le chemin d'une femme, elle me fonçait carrément dedans. Le plus souvent, c'était moi qui tombais à la renverse. La femme, elle, replaçait ses cheveux et poursuivait son chemin, sans plus de façon que si elle avait heurté un lampadaire. Moi, je restais là, cul par terre, à pleurer…

Si les garçons de mon âge, débordants de santé et d'hormones, se masturbaient à longueur de journée, moi, je devais combattre ces pulsions, les réprimer. C'était une menace. Un péril pour ma vie. Mais comment résister ? Les adolescents se masturbent, c'est connu. Ils se masturbent dans leur chambre à coucher, dans les toilettes de l'école, dans les parcs la nuit, au cinéma, dans les sous-bois, dans les piscines, dans les ruelles, souillant le monde chaque année de plusieurs fois leur poids en spermatozoïdes. Si vous cherchez un adolescent et qu'il est introuvable, c'est qu'il se masturbe quelque part, dans une armoire à balais peut-être. Il se masturbe sans relâche, certes, mais ce n'est pas de l'érotisme. C'est du désespoir. Car les adolescents sont terrorisés à l'idée de rester vierges jusqu'à leur mort, incapables de se convaincre qu'une femme puisse un jour consentir à subir les traitements auxquels ils rêvent de les soumettre toutes. Et si cette idée les terrorise, c'est qu'à cet âge on comprend que les femmes ne font pas que nous mettre au monde : elle nous y maintiennent. On comprend qu'il ne suffit pas qu'une mère nous donne naissance, pas plus qu'un bébé ne devient chrétien lorsqu'on le baptise. Ce ne sont que des mesures temporaires. Plus tard, il faut qu'une autre femme consente à recevoir cet homme en elle pour valider son existence, comme le chrétien doit retourner à l'église devant l'évêque pour faire valider son baptême. Chaque homme ressort de ces deux rituels le visage barbouillé d'un onguent parfumé et la joue rougie par un soufflet.

C'est comme ça…

Une fois l'embarrassant pucelage perdu, par contre, le monde apparaît moins hostile à l'homme. Une fois qu'il a obtenu le consentement d'une femme, il est réconforté, croyant désormais pouvoir retourner à la source de son être aussi souvent qu'il le désire, dans toutes les positions qui lui viennent à l'esprit, où et quand cela lui plaît. C'est une illusion, comme le baptême, profondément rassurante.

Mais je savais qu'aucune femme en ce traître monde n'accepterait de valider mon incarnation à moi. Le consentement d'une prostituée n'est pas réel et le viol n'aurait fait que m'aliéner encore plus les privilèges que seules les femmes peuvent dispenser librement. Alors le désir lui-même m'était interdit. Je résistai. Je luttai. Je me débattis dans des draps humides, nuit blanche après nuit blanche. Je combattis de toutes mes forces ; mais finalement je me masturbai, une première fois.

Je me souviens encore de cette nuit étrange, caché sous mes draps, le poing fermé sur mon pénis en érection. Je perdais peu à peu le contrôle de mon corps qui se tordait sous l'emprise du désir, alors que mon esprit s'abîmait dans des fantasmes de femmes nues couchées sur le ventre ou sur le dos, les jambes et les bras ouverts. Plus j'essayais d'imaginer le grain de leur peau et le goût de leur sexe humide, plus mon excitation croissait, et plus de violents sanglots me montaient à la gorge. C'était une danse macabre, un demi-rêve fou, une course endiablée, sur place. Je battais mon sexe à pleine main, le mouillais de salive, tirais dessus, alors qu'en même temps je cherchais la force d'arrêter, de résister, de ne pas succomber. Soudainement, mon corps se raidit et se cambra. J'aurais peut-être pu gagner cette bataille, mais je manquai de temps. J'éjaculai finalement, en éclatant en sanglots.

Il y avait des larmes et du sperme partout.

C'était salé, comme la mer, et tout aussi mystérieux et affolant.

Je pleurai longuement.

Au terme de cette nuit, après cette première branlette amère, je me découvris pour les femmes une détestation sans bornes, une haine obligatoire et sauvage. Et haïr les femmes, c'est haïr le monde entier. Car c'est par elles que tout bouge sur cette terre ; c'est au fond de leurs replis humides que se fomente la suite du monde ; c'est pour elles et par elles que la pluie tombe, que la pourriture fertilise le sol et que les bêtes s'entre-dévorent ; c'est pour elles et par elles que les plus faibles pâtissent des besoins et des caprices des plus forts. C'est par leur faute que tout meurt puisque c'est par elles que tout naît ! La création entière, toute la nature immonde appartient aux femmes...

Et moi, je ne suis même pas un homme...

Comment vivre alors ?

La bibliothèque du collège, vaste et silencieuse, avait des allures de crypte ; les livres entassés sur les rayons me faisaient l'effet de petits cercueils à l'intérieur desquels se décomposaient lentement les auteurs de l'Occident. D'Homère à Kafka. Près des grandes portes d'entrée, un vieux prêtre sénile, un jésuite je crois, dormait derrière un comptoir. Seul le petit râle qu'il poussait en expirant brisait le silence parfait de ce tombeau où personne ne s'aventurait.

Râââââââhhhhh… (silence). Râââââââhhhhhhh… (silence). Râââââââhhhhh… (silence). Râââââââhhhhh… (silence).

J'ai vécu là mon adolescence, seul.

J'ai lu, beaucoup, seul.

Parfois, sous les fenêtres, le printemps surtout, je me masturbais discrètement, caché par une table. Après avoir étendu la flaque de sperme avec mes souliers vernis et essuyé ma main sur le revers de mon pantalon, je retournais à mes lectures.

Râââââââhhhhh… (silence). Râââââââhhhhhhh… (silence). Râââââââhhhhh… (silence). Râââââââhhhhh… (silence).

J'ai trouvé du réconfort dans les livres. J'y ai trouvé des promesses de mondes purs et immobiles où rien ne change, ne meurt ni ne naît, d'où celui-ci — pâle reflet — est implacablement jugé. J'y ai trouvé des mondes inventés et construits de toutes pièces, des mondes d'hommes où la femme n'est au mieux qu'un mal nécessaire. Des mondes stériles. J'aurais pu employer le reste de ma vie à remplir ce caveau jusqu'au bord de mon sperme chaud, et à faire mariner lentement dans mes semences tous ces livres, mais rien, jamais, n'en serait né. Jamais. Et cette pensée m'apaisait.

Un monde stérile…

Râââââââhhhhh… (silence). Râââââââhhhhhhh… (silence). Râââââââhhhhh… (silence). Râââââââhhhhh… (silence).

Immobile et éternel...

Je regardais souvent, du coin de l'œil, le vieux jésuite ron-
fler. Tout nonchalant fût-il, il restait pourtant le gardien des
mondes étonnants conservés dans cette bibliothèque. Ventru,
flasque et flétri, il incarnait néanmoins les forces qui avaient,
sans effort, saigné ma vieille tante de sa nature féconde pour
ne lui laisser qu'un corps sec et anguleux, un esprit borné et
soumis, tenu en respect par ses chapelets comme un forçat
par ses chaînes.

Du coup, je tombai amoureux du Christ...

J'étais fasciné par le faste des cérémonies religieuses, par
les vêtements décorés de broderies, par l'or, par le latin, par
l'autorité du prêtre en chaire, le ton tranchant des sermons, et
les processions qui faisaient s'agenouiller les passants sur leur
chemin. J'étais ébloui par leur pouvoir. Mais surtout par le
fait que ce pouvoir omniprésent, incontesté me semblait-il
alors, se transmettait entièrement par des sacrements, indépendamment du ventre des femmes, libéré du ventre des
femmes.

Comme j'ai aimé ce Jésus mystérieux, ce dieu frêle et
doux, ce puceau martyr né d'une vierge. Vierge Marie...
Jamais femelle ne fut plus complètement et définitivement
violée que Marie, prise contre son gré et forcée de porter à
terme le fruit d'une volonté autre que la sienne. Mère de
Dieu! Imaginez un peu! Le ventre des femmes ne fut plus
jamais qu'un mal nécessaire après Lui...

Alors je décidai d'y croire... J'y mis toute mon énergie. J'y
plaçai tout mon espoir. Tard le soir, je regardais le ciel et
j'attendais un appel, une Révélation, une invitation. Je m'imaginais Dieu tout près, juste au bout de mes doigts tendus, à
quelques centimètres à peine hors de ma portée. J'avais fait
tout ce chemin vers lui, il n'avait qu'à faire un pas vers moi.

Il ne le fit pas.

Nuit après nuit, pourtant, je restais là à attendre. Mais
dans le ciel je ne voyais que la lune; et à force de la regarder,
la conscience de sa masse énorme et de la distance qui nous
sépare d'elle s'imprégnait en moi. Petit moi. J'épiais Mars,
Vénus et Jupiter, et encore je m'efforçais de comprendre la

grandeur réelle des sphères gigantesques que j'observais et les distances prodigieuses qui me séparaient d'elles. Tout ce vide, tout ce silence, tout ce froid, tout ce rien… des trillions de billions de milliards de kilomètres de vide, de silence, de froid et de rien… J'observais toute cette mécanique qui tourne et tourne et tourne comme une horloge et j'en devenais blanc de peur. Peut-être y avait-il un créateur de l'univers, une cause première, mais ce démiurge n'était pas Dieu. Au pire il était suisse, pire encore : suissesse !

Le ciel n'offre aucun réconfort.

Après un temps, je ne voyais plus au ciel qu'un vide hallucinant où tournait la terre autour d'un soleil, lui-même en périphérie d'une galaxie à la dérive dans un univers infini. Le ciel, ainsi, devient un gouffre ; et on n'y voit plus qu'une catastrophe, qu'une explosion inimaginable où d'inconcevables nuages d'atomes, lancés dans une danse giratoire par l'explosion de supernovæ, s'effondrent sur eux-mêmes pour allumer des milliards de soleils à la fois. Dans ce chaos brûlant, des sphères gigantesques se lancent sur des trajectoires de collision, à des vitesses ridicules. Des planètes entières se rencontrent face à face, se désintègrent, puis se reforment en jetant autour d'elles des débris que d'autres planètes attrapent pour s'en faire des lunes, dans le silence et le vide. À ce moment même, cette chose sans bornes et sans mesure bouge et tourne, se forme et se reforme, comme du métal en fusion animé de gros bouillons. C'est un cataclysme aberrant, permanent et démesuré, qui blesse l'esprit qui le contemple.

Çà et là, dans les replis de cette fournaise, des débris se refroidissent parfois. Alors, comme de la poussière qui retomberait autour du cratère d'un obus, des planètes tournent autour d'un soleil. Parfois la vie se développe sur l'écorce hostile de ces petites planètes fragiles qui grincent et qui craquent comme de vieux rafiots dans la tempête, au cœur d'un fracas de tonnerre et d'explosions volcaniques. Une vie exubérante. Elle ballotte dans le ressac des vagues, puis elle nage, puis elle rampe, puis elle trotte, puis elle marche finalement pour lever le poing au ciel et crier sa rage au vide qui l'a craché là.

Mais pendant ce temps les soleils se refroidissent, les lunes s'éloignent de leurs planètes, les axes basculent et les trajectoires changent. Quelques milliards d'années après la catastrophe de sa genèse, autant dire le lendemain, tout ce manège s'effondre et retourne au néant.

Le ciel n'offre aucun réconfort.

Mais cette gymnastique mentale m'hypnotisait. Je ne pouvais y échapper. C'était chaque fois une nouvelle chute. Dès l'instant où je pensais à la lune, l'idée des autres planètes, et des étoiles, et du cosmos entier déboulait dans mon esprit en m'engouffrant dans son sillage. J'en devenais si petit, minuscule et insignifiant que je n'étais plus rien : désincarné, presque mort. Je me retrouvais alors recroquevillé sous mes draps, tremblant d'angoisse. La seule chose qui pouvait me ramener à la surface de ce gouffre était l'image d'une femme. Seul dans mon lit, affolé, je composais donc dans mon esprit une femme longue et féline, ou bien ronde et maternelle, qui m'embrassait et me caressait ; qui me donnait librement le voluptueux repos de sa chair. Je nous imaginais enlacés l'un dans l'autre, tous nos sens saturés d'un plaisir réciproque en me masturbant rapidement pour retrouver progressivement mon corps dans les sécrétions que cet exercice provoque ; un corps avec des contours, un poids, une vie. Puis je nous inventais un petit quotidien ponctué de hauts et de bas, de départs et de réconciliations, avec des enfants, des voisins, un chien et deux chats.

Cul-de-sac !

Retour à la case départ !

Ne me restait plus qu'à mourir, qu'à fuir pour de bon ce monde où je ne me trouvais pas de place.

Je ne serai jamais un homme.

J'étais déjà mort depuis longtemps de toute façon. Laid au point d'en être invisible, sans corps et sans reproche, j'étais sans vie. Mon suicide ne serait qu'une formalité. Équipé d'un tabouret, d'un crochet vissé au plafond de ma chambre et d'une corde de sisal tressée, j'étais déterminé à en finir. J'avais soigneusement calculé la longueur de ma corde afin de bien me briser le cou et non les jambes, et testé mon nœud coulant plusieurs fois. Il ne s'agissait pas d'un cri, d'un appel à l'aide, mais bien d'un suicide. Pourtant, debout sur mon tabouret, la corde autour du cou, je donnais quand même à ce Dieu improbable une dernière chance de se manifester avant de sauter.

...

(Silence.)

...

Tant pis.

J'allais sauter. Je jure que tout mon esprit me criait de sauter, mais mes genoux se mirent à trembler. Et mes jambes. Et mon ventre. Et mes mains. Et mes yeux. Et ma gorge. Une panique étrange, profonde et violente, m'arrachait des sanglots incontrôlables. J'étais cloué sur place, affolé, paralysé par une terreur hallucinante qui me montait du ventre en gros bouillons, comme des bulles d'air crachées par un noyé. Cette chose sur le tabouret, ce tas de chair, de sang, d'os et de viscères s'opposait à mon suicide.

L'autre bout de la corde pendouillait du plafond juste devant mes yeux. Imprimé en rouge sur cette corde se trouvait l'inscription suivante : « Made in Mexico ».

La corde se balançait devant moi, comme un pendule qui m'hypnotisait ; et dans ma tête roulaient ces mots : « Made in Mexico », « Made in Mexico », « Made in Mexico ». Une litanie absurde, mais qui évoquait des champs de sisal, des

Mexicains au travail, du commerce et des échanges, des routes et des rails. Tellement que ce fut bientôt comme si des milliards d'humains criaient, comme si eux-mêmes pendaient maintenant dans le vide au bout d'un fil, simplement parce que je m'étais passé une corde autour du cou...

Qu'importe !

Sauter et en finir !

TOUT DÉTRUIRE !

Mais rien à faire. Ce monde bâclé, « Made in Mexico », fruit de l'intrigue et de la guerre, me tenait prisonnier. Mort vivant. Et le monde, désormais futile et absurde, tissé à même mes poumons, mes viscères et ma chair comme les métastases d'un cancer, faisait fléchir ma volonté...

❏

Mais, plus tard, toute une vie plus tard, une femme nommée Sabine arrêta ce flot de fiel et de dégoût d'un seul sourire. Un seul sourire...

Qui est Sabine ?

Moi qui suis la plus laide et la plus immonde des créatures, qui donc peut être Sabine sinon la plus belle, la plus douce et la plus magique des femmes ? Sabine comme une pierre précieuse forgée durant les millénaires dans les profondeurs intimes de la terre... Sabine et son ventre, et ses hanches, et son odeur, et ses seins : facettes d'un diamant poli par les orages, la foudre et le temps... Sabine... Sabineamour... Rien n'égale la tendresse que j'aurai toujours pour toi.

Tous ces mensonges sont le récit de notre rencontre.

# Première partie

# La fabrication
# d'une Sabineamour

Un grand signe parut dans le
ciel : une femme enveloppée du
soleil, la lune sous ses pieds, et
une couronne de douze étoiles
sur sa tête. Elle était enceinte, et
elle criait, étant en travail et dans
les douleurs de l'enfantement.

Apocalypse, 12 : 1-2

Le 10 août 1945, un peu plus de trois mois après le suicide de Hitler et le lendemain de l'explosion d'une bombe atomique sur la ville de Nagasaki, au Japon, Sabine-mère (alors âgée de treize ans), jugeant qu'il était grand temps de mettre un terme à ces horreurs, mit tout en œuvre pour alléger les souffrances du monde : elle ovula. Comme sa propre mère avant elle qui avait ovulé le lendemain de la marche des chemises noires sur Rome ; comme sa grand-mère devenue nubile au pire des guerres balkaniques et comme son arrière-grand-mère qui devint femme au terme de la guerre des Boers, et comme pour toutes les femmes de cette lignée qui gratifièrent le monde de leur premier ovule au lendemain de toutes les guerres et catastrophes de l'histoire, le jour de la première ovulation de Sabine-mère fut un baptême et un sacre. Et elle comprit, en un déclic au plus profond de sa conscience, très loin hors de portée du doute, que l'univers entier recevait par elle sa cohérence, qu'elle en était la source unique et la seule raison d'être.

Assise à la fenêtre de sa chambre, dans un immeuble de l'avenue Victor-Hugo, à Paris, elle regardait distraitement les voitures tourner autour de l'arc de triomphe quand cette première ovulation la surprit. Elle perdit du coup la vue, l'ouïe, l'odorat, le goût et le toucher. Ainsi isolée du monde extérieur, sa conscience se répandit à travers toute sa chair comme de l'eau dans une éponge. Et toute cette charpente d'os, de muscles, d'artères, de veines, de nerfs et d'organes qui se contractaient et se dilataient, qui sécrétaient, pompaient, poussaient et tiraient en parfaite harmonie depuis le calcanéum jusqu'à la calotte crânienne, lui apparut comme une vaste cathédrale façonnée par des millions d'années de culte.

Vagabonde en son propre corps, elle découvrit, gravée sur le revers de son épiderme, comme une série de vitraux, la marque de toutes les femmes qui s'étaient incarnées en ce monde, l'une après l'autre, pour aboutir à elle. C'était un spectacle étrange. Son corps, rempli d'indices qui remontaient loin dans le temps, lui parlait. Mais la signification de ces signes restait obscure, floue quoique apaisante. Elle pensa un instant à la grotte de Lascaux et à ses dessins primitifs, et aux corridors des grandes pyramides recouverts de hiéroglyphes. Et même si la clé du récit gravé en elle lui échappait, elle comprenait néanmoins qu'elle faisait partie d'une mouvance inscrite dans le temps. Elle n'était pas seule.

Après s'être répandu aux quatre coins de son corps, l'esprit de Sabine-mère se contracta pour se regrouper en boule au creux de son utérus où une flore hospitalière se développait déjà. Il y resta longtemps, bercé par le murmure de la chair, le murmure de ses mères ; puis explosa de nouveau pour aller se répandre jusqu'au bout de ses doigts, avant de se rétracter encore une fois vers l'utérus. Et encore. Et encore. Et encore.

Systole-diastole.

Sabine-mère, baignée tout entière d'une joie lumineuse et tiède, devenait nubile…

Elle rouvrit les yeux au bout de trois jours et trois nuits, dans un lit d'hôpital, devant son vieux père ahuri qui l'avait veillée tout ce temps. Son père, un vieux médecin que plus rien n'étonnait, avait failli crever d'inquiétude à voir le coma de sa fille se prolonger. Il avait beaucoup pensé à sa défunte épouse, morte en accouchant de sa fille. Il avait même prié, lui qui ne croyait pas.

Quand Sabine-mère se réveilla enfin, fraîche et rieuse, la bouche à peine pâteuse après trois jours de coma, il obtint son congé immédiatement, malgré ses confrères qui insistaient pour la garder en observation. Le vieux médecin savait bien qu'au delà des antibiotiques et des chirurgies courantes, la médecine ne valait rien. Et si la science devait avancer à tâtons dans le noir, d'erreur en erreur, ce ne serait pas aux frais de sa fille unique.

Une dizaine de jours plus tard, Sabine-mère eut ses premières règles. Elle s'enferma dans sa chambre et pleura trois jours entiers en poussant des cris pareils à ceux des animaux qui ont peur. L'intérieur des cuisses et les mains barbouillés de sang, elle pleurait la fin du bonheur lumineux dont l'avait irradiée son premier ovule. Elle criait, elle crachait, elle frappait les meubles à coups de pied et dessinait sur les murs les marques entrevues sous son épiderme, avec son sang, en larges traits vifs.

Le vieux médecin n'avait pas anticipé ce moment. Il n'avait pas prévu autant de violence. Sa femme l'avait habitué à ce genre d'alternance brutale entre l'euphorie et la dépression. La mère de Sabine-mère, comme la mère de la mère de la mère de Sabine avant elle, avait eu ce lien particulier, plus précis et plus serré, avec la mécanique féconde de son corps, mais sa fille battait tous les records. Assis immobile sur une petite chaise de bois tout près de la chambre de sa fille, il l'écoutait pleurer, abasourdi par tant d'intensité. L'idée lui vint soudainement que le coma étrange de sa fille pouvait être relié à son ovulation. L'idée était absurde ! Il compta et recompta les jours... La coïncidence était troublante.

Pendant ce temps, à l'autre bout du monde, celui qui deviendra le père de Sabine traînait son corps comme un fardeau, comme une prison de l'âme. Iranien à moitié maronite par l'enseignement de sa défunte mère libanaise (Dieu ait son âme) et chiite pour le reste par feu son père (que-toute-la-gloire-d'Allah-rejaillisse-sur-la-descendance-du-fidèle-défunt-dont-l'âme-sans-tache-repose-maintenant-près-du-prophète-qui-se-délecte-de-la-rectitude-du-regretté-comme-d'une-musique-crépusculaire-qui-calme-et-repose-et-dont-le-brusque-départ-vers-l'autre-monde-laisse-derrière-une-famille-déchirée-de-douleur-qui-demande-quotidiennement-dans-ses-prières-qui-s'élèvent-vers-Allah-le-tout-puissant-d'adoucir-leur-pauvre-sort-devenu-insupportable-par-la-mort-du-fils-du-frère-du-père-de-l'ami-et-du-mari-qui-apportaient-dans-leur-vie-autant-de-joie-et-de-bonheur-que-la-lumière-du-jour), il savait louanger Yahvé sans faire offense à Allah (et vice versa), conscient que les deux immortels n'étaient peut-être qu'un seul et même personnage auquel les hommes auraient donné deux visages. Ces deux visages alimentaient d'ailleurs le gros des réflexions de cet Iranien très pieux, morbidement timide et pauvre qui, à l'époque des premières ovulations de Sabine-mère, vivait seul dans une petite baraque sans eau ni électricité, au milieu d'un champ de pierres, aux limites de la ville de Téhéran.

Né d'un père et d'une mère de condition modeste, eux-mêmes issus de familles miséreuses, ce petit homme trapu au visage sans charme n'avait pourtant jamais souffert de la simplicité de sa vie. Il vivait sans soucis, confortablement assis sur ses croyances comme sur de maigres lauriers, bercé par la conviction rassurante que tout existait dans l'univers pour et par les desseins implacables d'une volonté qui dépassait celle des hommes. Il aimait le thé très sucré, le riz parfumé, le tabac noir dans le fourneau de son narguilé et la compagnie des mendiants charmeurs de serpents, des marchands d'odeurs et d'onguents, des soldats, des boutiquiers qu'il rencontrait quotidiennement dans les bazars de la ville. Il était chiffon-nier.

Humble, il parlait peu. Il ne voyait pas, de toute façon, ce qu'il aurait pu apporter de nouveau aux conversations. Depuis toujours, c'était la même chanson : «Reza Chah!» chantaient les uns, crachaient les autres. «Occidentalisation!» scandaient les uns, déploraient les autres. «Sécularisation!» dansaient les uns, craignaient les autres. «République» priaient les uns, prévenaient les autres...

Malgré tout, le père de Sabine aimait s'asseoir en silence au milieu de ces hommes agités, même si lui n'avait jamais, au cours de ses trente années d'existence, osé imaginer sa vie autrement que celle qu'Allah avait tracée pour lui. S'il était chiffonnier comme son père avant lui, si l'Iran en était là, c'était la volonté d'Allah, et que faire devant la volonté d'Al-lah sinon plier l'échine? Mais quelques jours avant ou quelques jours après la première ovulation de Sabine-mère, l'envie d'un autre destin s'éleva en lui comme un cadavre gonflé de méthane qui s'arrache à la vase et aux algues pour crever la surface d'un lac. Et cette pensée soudaine allait lais-ser dans son sillage un vide vorace, un vide qui allait se nour-rir et grandir à même la paix d'esprit du père de Sabine, jusqu'à menacer d'avaler l'homme entier.

À la troisième ovulation de Sabine-mère, le vieux médecin dut se rendre à l'évidence : le cycle menstruel de sa fille était TITANESQUE et unique. Il avait beau retourner toutes les bibliothèques universitaires de Paris à l'envers, il ne trouvait aucune description de cet étrange phénomène, aucun précédent connu. La médecine n'offrait d'ailleurs sur ce sujet que l'exposé savant de certaines anomalies, et une série de jolis dessins anatomiques. Autrement, c'était la machine à faire des bébés : toutes les femelles des mammifères en étaient équipées. Il suffisait de placer un spermatozoïde au bon endroit — en fait, d'en cracher des centaines de millions à la fois — et le reste allait tout seul... C'était, semblait-il, le seul intérêt que pouvait susciter le système reproducteur de la femme, passé le col de l'utérus.

Le vieux médecin se retrouvait dans le noir.

Toutes les femmes de sa vie, depuis sa mère jusqu'à son épouse, avaient réussi à garder le secret sur les inconvénients naturels de leur sexe. Petit garçon, il avait eu connaissance qu'à chaque mois « quelque chose » arrivait à sa mère et à chacune de ses sœurs. Mais, de ce « quelque chose », on ne discutait jamais. Ce « quelque chose » était tabou, plus encore que la nudité. Et même si plus tard il avait enfin découvert l'intimité des femmes, il resta tout de même exclu de ce « quelque chose ». Il savait très bien ce qu'était le cycle menstruel. Il connaissait toute la mécanique et la Falloperie des organes génitaux de la femme. Il était médecin ! Mais, malgré l'amour et la tendresse, même au plus fort de l'intimité, il restait encore ce « quelque chose » quelque part qu'il ne saisirait jamais. Par dépit, il avait peu à peu conclu que toute cette affaire appartenait aux femmes, que la chose était d'ailleurs vaguement rebutante et qu'il ne pouvait que lever son chapeau devant leur circonspection, et se taire...

Mais Sabine-mère, de toute évidence, n'allait pas être capable de cette discrétion. Il apprit donc à connaître le cycle de sa fille, à s'arranger pour garder celle-ci à l'œil les jours où elle devait ovuler et surtout à la tenir loin des médecins, de l'eau bénite et des cellules capitonnées.

Heureusement pour lui, elle était d'une régularité impeccable. Il la retrouvait, exactement aux jours et aux heures prévus, pétrifiée dans sa chambre devant une fenêtre ou au salon un livre à ses pieds, à la cuisine devant le réfrigérateur ouvert, dans les escaliers une main sur la rampe ou sur le balcon, figée, sur le point d'arroser les plantes. Le vieux médecin ramassait alors les dégâts que les brusques suspensions de sa fille provoquaient parfois puis il l'installait confortablement et la veillait jusqu'à son retour. Il était, au delà de ces petites attentions, tout à fait impuissant. Et il le savait. Il savait que la crise allait passer, puis revenir, puis passer de nouveau pour revenir encore. Il savait qu'un cycle était lancé ; qu'il n'y pouvait absolument rien changer ; que c'eût été comme d'essayer d'empêcher les planètes de tourner autour du soleil.

Durant ses jours de garde, le vieux médecin devenait philosophe. Sa femme, morte sans raison apparente quelques instants après son accouchement, les avait laissés seuls ; ils durent se débrouiller. Son deuil avait été profond. Il avait engagé une nourrice pour prendre soin de l'enfant et s'était abandonné à l'apitoiement et au travail. Autour de lui, on croyait qu'il ne s'en sortirait jamais. Puis, lentement, à mesure que cette enfant lui rappelait sa femme, il reprit goût à la vie. Ses cheveux, ses yeux, sa bouche, et jusqu'à son odeur, mêlée aux odeurs de l'enfance, qui lui emplissait le corps lorsqu'il respirait profondément, juste au-dessus de sa nuque, lui rappelaient sa femme. Il y avait aussi cette façon qu'elle avait de s'asseoir, immobile, les sourcils froncés, tout absorbée et fascinée par quelque chose, et l'exubérance de ses moindres appétits.

Il en tomba amoureux.

Ainsi, Sabine-mère se fit une place sous la peau de son père, tout près de son cœur cicatrisé. La nourrice resta à leur emploi pour le ménage et la cuisine ; mais quand elle mourut, ils continuèrent tout seuls. Ils se débrouillaient bien. Ils riaient tout le temps.

Lorsqu'il veillait sa fille durant ses périodes de suspension catatonique, le vieux médecin se remémorait tout cela : toutes les années où il avait été tout pour elle. Il comprenait maintenant que cette époque tirait à sa fin. Depuis peu (il avait mis du temps à s'en rendre compte), le corps de sa fille se transformait. La rondeur de ses hanches s'affirmait, ses seins poussaient, son regard changeait, comme si elle voyait maintenant à travers lui. Plus loin. C'était encore ce « quelque chose » qui surgissait dans sa vie, venu de nulle part. Le vieux médecin, parfois, touchait son propre ventre en essayant d'imaginer un bébé grouiller à l'intérieur. Et il rougissait de honte, de colère parfois. De frustration aussi, comme un exclu, comme un immigrant. Puis de colère encore. Ce « quelque chose » qui le tenait en otage pour l'instant allait bientôt lui voler sa fille, l'avaler tout entière entre ses guillemets.

Mais pour Sabine-mère, ce cycle surprenant qui l'arrachait à son père était le chant de la terre. Même si ses règles étaient la source d'une terreur indescriptible, comme si ce sang lui avait coulé directement du cœur par l'aorte, l'euphorie de chacune de ses ovulations l'enivrait. La vie et la mort se succédaient dans son ventre comme de par le vaste monde qui se meut sans cesse d'une époque à l'autre sous l'effet des mêmes et féroces forces. Elle comprenait qu'il y avait un rapport obligatoire entre ces deux mouvances, que quelque part dans l'espace et le temps ces deux trajectoires traverseraient un point commun.

Sept cent trente jours et sept cent vingt-neuf nuits après le début de son premier cycle, quelques semaines avant son seizième anniversaire de naissance et au moment de sa vingt-cinquième ovulation, Sabine-mère sentit son ventre s'ouvrir si largement entre ses jambes qu'elle crut qu'on l'écartelait. Les lèvres de son sexe se gonflèrent, un liquide chaud et visqueux inonda son vagin et, comme au moment de chacune de ses ovulations, sa conscience implosa vers son ventre. Mais à peine blottie contre les parois rassurantes de son utérus, Sabine-mère se sentit poussée vers l'extérieur par de légères mais persistantes contractions. Étonnée, elle lutta contre les pressions qui la poussaient contre le col étroit de son utérus ; mais les contractions se firent plus violentes et le col s'ouvrit assez pour qu'elle s'engage dans son vagin. Elle se retrouva coincée contre la face intérieure de son hymen, écrasée par les contractions de plus en plus urgentes qui la forçaient vers l'extérieur, saisie de panique et de confusion en sentant ce lieu si parfaitement hospitalier se retourner subitement contre elle. Son hymen se déchira finalement ; et elle sortit au grand jour, d'entre ses propres jambes.

Son esprit désincarné flottait librement dans la salle de bains, autour de son corps. Elle se regardait, curieuse, une jambe levée au-dessus de la baignoire remplie d'eau tiède, figée sur place au moment de s'installer dans son bain. Une large coulée de fluide luisant brillait le long de l'intérieur de sa cuisse, jusque sur le carrelage de la salle de bains, embaumant la pièce d'une odeur fauve.

La chair…

Sa peau satinée, le contour de ses seins, ses petits mamelons roses, le dessin de ses hanches, la courbe de son ventre qui rejoignait le mont de Vénus à la base duquel s'ouvraient les lèvres de son sexe, ses fesses rondes et lisses et ses jambes musclées lui donnaient l'impression d'un accord de musique, plaqué au rythme lent de sa respiration qui animait douce-ment son ventre. Les vapeurs d'eau perlaient sur sa peau et y retenaient une lumière scintillante. De longs cheveux châtains et roux encadraient son visage ovale en tombant sur ses seins et entre ses omoplates. Elle souriait, les yeux fermés.

Elle aurait pu choisir de s'envoler dans l'éther, à jamais ; mais elle reprit possession de son corps en s'y introduisant par la bouche, volontaire. Ses membres répondirent de nou-veau à sa volonté ; et elle s'immergea dans l'eau tiède. Elle se baigna longuement en inspectant son corps avec ses mains, étonnée des sensations qu'elle pouvait désormais y faire naître. Et les petites secousses de plaisir qui l'agitaient de la tête aux pieds achevèrent l'osmose volontaire de ce corps et de cet esprit. Les épisodes d'attaques cataleptiques de Sabine-mère étaient définitivement terminés.

Le vieux médecin s'était préparé à faire face à la catas-trophe de la vingt-cinquième ovulation de sa fille. Il avait envoyé des notes aux professeurs pour l'excuser des cours, prétextant toujours la même étrange maladie aux traitements complexes. Il avait rangé les meubles et les objets contre les-quels elle aurait pu se blesser, fermé les volets et débranché les sonneries de la porte et du téléphone. Il avait pris trois jours de congé ; acheté des vivres, du vin, du tabac, des jour-naux et des revues qui dureraient jusqu'au bout de cette vingt-cinquième nuit. Tous ces préparatifs, depuis deux ans, étaient devenus routiniers. Mais la catastrophe, au grand étonnement du médecin, se faisait attendre. Sa fille prenait longuement son bain, il pouvait même entendre l'eau clapo-ter. Il reconsulta le calendrier, compta les jours, fouilla et refouilla sa mémoire à la recherche d'un détail oublié ; mais il ne se trompait pas : sa fille était en train d'ovuler et elle pre-nait tranquillement son bain. Il en pleura de joie. Elle était guérie.

Le petit-déjeuner préparé, il attendit que sa fille vienne le rejoindre. Elle lui apparut radieuse, vêtue d'une robe printa-nière, brillant d'un éclat qu'il ne lui connaissait pas. Il lui tira sa chaise et lui servit à manger en l'entourant de mille précautions, sautant d'un sujet de conversation à l'autre pour essayer de capter son attention. Mais elle se déroba après avoir avalé un morceau et sortit de l'appartement en lui soufflant un baiser.

Un pot de confitures à la main, l'air pantois, il se dirigea vers la salle de bains, curieux. Les odeurs de sa fille y flottaient encore. Il les renifla longuement et y découvrit des notes nouvelles. Son cœur sombra.

«Ça y est, murmura-t-il, je l'ai perdue...»

Pendant ce temps, Sabine-mère avait simplement traversé le corridor pour frapper chez le voisin d'en face : un notaire d'une cinquantaine d'années, triste et veuf. L'homme, après l'avoir reconnue à travers le judas, lui ouvrit croyant qu'elle venait chercher une tasse de sucre ou quelque chose du genre. Mais, une fois entrée dans l'appartement, Sabine-mère fit glisser sa robe par terre, ouvrit les bras et s'avança vers lui...

Le veuf n'était pas habitué à de tels spectacles. Sa femme, morte deux ans plus tôt, ne s'était jamais dévêtue devant lui en pleine lumière. Le souvenir de cette femme chétive et sèche lui revenait d'ailleurs en mémoire, sous l'effet du choc, à la façon dont on voit sa vie défiler devant ses yeux juste avant de mourir. Il réalisait pour la première fois à quel point il avait haï cette mégère maussade et sans charme, et qu'elle avait gâché sa vie. Pendant plus de vingt ans — il s'en rendait compte maintenant — il avait abhorré cette gourde muette, et chaque jour avait été un calvaire d'avoir eu à le partager avec les mauvaises dents, l'haleine de chien, les cheveux raides, les ronflements caverneux et la démarche lourde de sa triste épouse.

Il n'opposa aucune résistance à Sabine-mère.

Elle le fit se coucher sur le dos, défit son pantalon, prit son petit pénis de notaire dans sa main droite avant de s'accroupir au-dessus de lui pour le guider en elle. Pétrifié d'étonnement, il s'abandonna au plaisir. Rapidement, il sentit les limites de son corps s'estomper, s'effondrer. Il ne restait plus qu'une vibration au creux de son ventre, comme une dynamo qui tourne très vite. Il ferma les yeux et inspira un grand coup. Et là, ailleurs dans le noir, il sentit sa tête s'emboîter entre ses épaules, puis ses épaules dans sa cage thoracique, et sa cage thoracique dans ses hanches, alors que ses pieds, avalés par ses chevilles, s'emboîtaient dans ses genoux, et ses genoux dans son bassin. Il n'était plus qu'une bille toute ronde et lisse, flottant dans le vide, surchargée d'énergie. Et le plaisir croissait toujours. Puis, soudainement, il sentit une décharge électrique le traverser, et ce fut comme s'il s'éjaculait en entier dans le ventre de Sabine-mère, comme un gant qu'on retourne à l'envers...

Il perdit conscience un instant.

Quand il revint à lui, elle s'était rhabillée. Elle déposa un baiser sur son front et partit. Le notaire, lui, resta longtemps immobile, couché sur le dos, le pantalon à mi-genoux, fasciné par le plafond du vestibule de son appartement comme par le ciel étoilé d'une nuit sans lune.

Elle se rendit à l'école d'un pas léger. Là, entre les cours et pendant les récréations, elle connut le concierge, trois professeurs, le directeur de l'école et quatre élèves. Sur le chemin du retour, elle se donna à un passant dans le petit carrousel d'un parc. Puis, chez le boucher, en allant chercher de quoi préparer le repas du soir, elle fit brièvement la connaissance du propriétaire, derrière le comptoir. Après le dîner, donnant un prétexte vague à son père, elle rendit visite aux sept célibataires que comptait l'immeuble où elle habitait, puis rentra chez elle vers vingt-deux heures, fatiguée, pour se coucher.

Aucun de ces hommes n'avait réussi à la féconder. Elle le savait. Elle le sentait.

Le lendemain matin, elle se réveilla sans la moindre envie d'être touchée par qui que ce soit. Elle fit sa toilette, avala un morceau, rendit le sourire que lui adressa son père et partit pour l'école.

Ses amants de la veille furent un peu déroutés de son détachement ; mais quelque chose dans son maintien indiquait qu'elle ne voulait pas d'eux ce jour-là. Était-ce dans son sourire, dans ses yeux ou dans le timbre enjoué de sa voix ? Les amants de Sabine-mère n'auraient su le dire ; mais quelque chose leur refusait le sentiment de possession normal qu'un homme ressent envers les femmes avec lesquelles il a couché. Ce refus était si clair, total et sans appel que même les plus violents d'entre eux durent s'y résigner, en silence.

Elle était libre...

Le jour de chacune de ses ovulations, le sexe de Sabine-mère s'ouvrait maintenant comme la bouche d'un nourrisson affamé. Le vieux médecin, qui déployait beaucoup plus d'énergie à ne pas remarquer les signes de la sexualité tumultueuse de sa fille, que Sabine-mère n'en mettait à les lui cacher, ne se doutait de rien. Elle couchait — sans discrimination aucune — avec des jeunes et des vieux, des beaux et des laids, des génies et des idiots, des inconnus et des célébrités, des riches et des pauvres de toutes les religions, races et nationalités du monde. Elle s'abandonnait à eux, un jour chaque mois — le jour de son ovulation —, dans des salons, des chambres à coucher, sur des tables de cuisine, de travail, d'opération, dans des appartements luxueux ou des taudis insalubres, dans des voitures, dans des ruelles, sur des toits, sous le soleil, la lune ou la pluie, dans des cinémas, sur des bancs d'église, dans des confessionnaux, des chaloupes ou des yachts. Mais puisque aucun n'arrivait à la féconder (elle l'aurait senti sur le coup), elle devait sans cesse se trouver d'autres amants. Et puis d'autres encore. Et encore.

Parce qu'elle ne se donnait pas au même homme plus d'une fois, Sabine-mère devait donc, d'une ovulation à l'autre, parcourir toujours de plus grandes distances pour trouver de nouveaux sujets. Son territoire amoureux s'était donc étendu rapidement au fil des premiers mois. Elle avait commencé par les immeubles voisins, puis les rues avoisinantes, puis le pâté de maisons au complet, puis tout le quartier. Elle commençait sa chasse tôt le matin. C'étaient des rencontres hâtives, elle se déshabillait à demi, sans grand préliminaire. Elle aimait bien prendre des hommes ainsi, par surprise. C'était à l'heure du déjeuner qu'elle était la plus active. Pour profiter de l'affluence de la pause, elle avait mis au point plusieurs façons de connaître un homme en quelques minutes à peine, avant de passer au prochain. Le soir venu, par contre, elle ralentissait de beaucoup le rythme de la journée. Elle se permettait de longs préludes; inventait des jeux érotiques; questionnait parfois ses partenaires au sujet de leurs fantasmes et flânait au lit en mangeant des raisins, après l'amour.

Ce manège dura des mois. Puis vint le temps où les ressources de son quartier furent tout à fait épuisées. Elle poussa donc sa chasse un peu plus loin. Les cours du palais de Chaillot, les passants autour des portes Dauphine et Maillot, et les foules du Palais des congrès lui fournirent longtemps nombre d'amants d'une impressionnante variété; mais les ressources de ce territoire en vinrent aussi à être épuisées; et elle dut encore une fois en repousser les limites. Ce n'est qu'après plusieurs années en fait que les voyageurs de passage dans les hôtels, les déménagements, le nombre de passants qui augmentait inévitablement avec la superficie croissante du territoire et la foule autour des attractions touristiques à l'intérieur du périmètre conquis eurent finalement raison de son expansion territoriale. Elle avait vingt ans. Elle aurait bien voulu conquérir la planète et soulager de ses caresses les blessures des peuples du monde entier, mais elle n'avait — comme vous — que deux jambes et deux bras (mais plus beaux, probablement). Elle était donc restreinte aux rues de Paris entre la Maison de la radio et le cimetière Montmartre, et du Louvre jusqu'aux limites de Neuilly-sur-Seine. Quiconque se trouvait à l'intérieur de ce périmètre un jour où Sabine-mère ovulait était susceptible de faire sa rencontre, et ce, indépendamment de son statut ou de ses origines.

Aucun homme, jamais, ne se refusa à elle. Jamais. Mais jamais non plus ne chercha-t-elle à ensorceler ses amants et à usurper dans ce grand tumulte de passion le pouvoir ou la consécration qu'une autre femme — moins pure qu'elle — aurait tiré de ces faits d'armes exceptionnels. Elle se donnait simplement. Et Sabine-mère pouvait passer devant une terrasse où tous les clients avaient connu les délices de son corps, sans avoir à subir le harcèlement dont une autre aurait sûrement fait l'objet. Son passage provoquait un silence respectueux, rien d'autre. Et aucun de ces hommes qui la regardaient tendrement passer ne se doutait que tous les autres autour de lui, eux aussi, revivaient dans leur cœur le même souvenir.

Elle était libre...

Elle n'écoutait que son ventre.

L e père de Sabine, lui, perdait l'esprit. Lui qui n'avait jamais eu ni ami, ni ennemi, ni argent, ni dette, ni obligation d'aucune sorte envers quiconque, lui que rien ne poussait par-devant ou par-derrière, ni à gauche ni à droite, sauf le vent ou l'inclinaison du sol sur lequel il marchait, se trouvait soudainement terrassé par une fièvre ambitieuse qui le faisait regretter d'être né de l'union d'un homme et d'une femme sans nom ni fortune. Hanté par le désir de faire quelque chose de grand, sans pourtant détenir le premier indice du moindre projet susceptible d'être grandi par ses efforts, le père de Sabine passa des semaines entières à croupir au fond de sa petite cabane sans eau ni électricité, bercé par des fantasmes farfelus comme un drogué qui plane. Il s'imaginait — héroïque — couvert d'or après avoir sauvé la fille du shah d'une mort certaine ; ou — karmique — qu'un messager frappait à sa porte pour lui remettre l'héritage fabuleux d'un homme auquel il aurait fait l'aumône des décennies plus tôt et qui serait devenu immensément riche depuis ; ou encore — providentiel — qu'il trouvait sur le bord d'un chemin une grande sacoche de cuir remplie de diamants, d'émeraudes et de rubis. Au pire de ses divagations, le père de Sabine s'imaginait trouver une lampe ancienne où logerait un puissant génie qui, victime de la magie d'un génie plus puissant que lui, serait contraint d'exaucer trois de ses vœux. Le père de Sabine en devenait fou. Et le jour arriva où, terriblement amaigri, pâle et faible, il réalisa qu'il allait mourir d'inanition s'il restait là à rêver et à maudire sa modeste condition. Ce constat brisa le murmure de ses rêveries fantastiques. Le père de Sabine ne voulait pas mourir. Il rassembla donc le peu de forces qui lui restait et, par habitude de chiffonnier, s'en alla fouiller dans les poubelles des riches afin d'y trouver quelque chose à revendre dans les bazars de la ville.

Un vieux domestique iranien qui connaissait le père de Sabine pour l'avoir vu chaque matin, comme son père avant lui, venir trier les rebuts des maisons du quartier pour y trouver de quoi vivre pour la journée, s'était inquiété de son absence et eut pitié de le revoir si maigre et affaibli. Discrètement, s'assurant de ne pas être vu des voisins, il invita le père de Sabine dans la demeure de ses maîtres absents et offrit de lui préparer un repas avec les restes de la veille. Pris d'enthousiasme par sa propre générosité, le vieux domestique poussa l'hospitalité jusqu'à le conduire à la salle de bains des maîtres pour qu'il se rafraîchisse avant le repas. Les deux hommes traversèrent la cuisine, la salle à manger, le salon et un boudoir ; grimpèrent un escalier en colimaçon, longèrent un corridor et arrivèrent enfin devant la salle de bains.

Le père de Sabine voyait pour la première fois l'intérieur d'une de ces grandes demeures devant lesquelles il s'était promené tous les matins de sa vie. Elles faisaient partie d'un autre monde. Les meubles lourds, les tapis épais, les vaisseliers remplis de cristal, les buffets sculptés, les grands lustres et les planchers vernis défilaient sous ses yeux et s'imprimaient vivement dans son esprit nettoyé par le jeûne, la douleur et la claustration. Il n'arrivait pas à comprendre quelle magie avait pu rassembler tant de richesses entre les mains d'un seul homme. Il devait y avoir entre lui et le seigneur de ces lieux une différence de nature et de substance qui favorisait ce dernier en le maintenant, lui, dans l'indigence.

Le domestique iranien ouvrit la porte de la salle de bains et fit signe au père de Sabine d'y entrer avant de s'en retourner à la cuisine préparer le repas.

La salle de bains, immense, faite de marbre, de céramique colorée et de bois vernis, était quatre fois plus spacieuse que la petite cabane sans eau ni électricité où vivait le père de Sabine. Un lourd bain sur pied, enjolivé de parures de cuivre, trônait près d'une grande fenêtre donnant sur des jardins. Cette baignoire, pouvant contenir plus d'eau qu'un Iranien moyen n'en consommait en un mois, était surélevée sur une estrade de marbre blanc à trois marches et entourée d'un

rebord de bois verni où s'entassaient des plantes en pot luxu-
riantes, de fines poteries, des fioles, des bouteilles et de petites boîtes remplies de lotions colorées et de savons par-
fumés. Sur la gauche, placée dans un coin et tournée en
direction du bain, une psyché ovale aux contours ciselés multipliait par deux les plantes et les flacons autour du bain. Le
cadre et le pied de la psyché, relevés d'ornements de cuivre,
se mariaient parfaitement avec une commode de chêne mas-
sif placée de l'autre côté de la pièce et sur laquelle reposaient
de longues serviettes moelleuses, soigneusement pliées et
empilées. Des tubes de crème, de petits pots de verre, des
vaporisateurs de cristal ciselé, des peignes, des brosses, des
crayons pour les yeux et pour les lèvres, des fards de différentes couleurs et toutes sortes de pinceaux, de spatules et
d'instruments de maquillage composaient un désordre coloré
sur une petite coiffeuse haute sur pied, poussée contre le mur
devant un grand miroir encadré. Un petit lavabo, surmonté
d'une pharmacie de bois clair, encombré par deux brosses à
dents, quelques morceaux de savon et un verre à dents, se
trouvait près de la porte. L'émail de la cuvette et du bidet, ins-
tallés en retrait dans une alcôve entre la baignoire et la commode, étincelait. De grandes fenêtres et des puits de lumière
inondaient de jour ce lieu féerique.

Le père de Sabine était ébloui. On lui avait parlé des mosquées fabuleuses d'Arabie et des cathédrales de l'Occident;
on lui avait raconté les constructions gigantesques élevées à la
gloire de Dieu, et c'est exactement ainsi qu'il se les était toujours imaginées. La lumière sur le marbre blanc, la douceur
des parfums qui embaumaient la pièce comme un encens
rare, la richesse du moindre accessoire et l'esprit de rituel qui
planaient sur l'endroit donnaient au père de Sabine l'impression de se trouver dans un sanctuaire. Un trou dans le sable
aurait suffi à remplir les fonctions utiles de ce lieu. Mais tout
ce décor et tout ce faste exprimaient le respect, la révérence et
la célébration.

Un temple.

Les crampes douloureuses qui broyaient son estomac dis-
parurent, comme lavées par une eau baptismale. Un calme

étrange l'enveloppa. Il fit couler un peu d'eau chaude dans le lavabo, se lava les mains et le visage puis s'épongea avec son gilet de coton usé, n'osant utiliser une des grandes serviettes posées sur la commode.

Réfléchi dans le miroir devant lui, il remarqua un rouleau de papier hygiénique blanc suspendu au mur, près de la cuvette. Il s'en approcha et le toucha, curieux. Le père de Sabine n'avait jamais rien palpé d'aussi doux, d'aussi moelleux, d'aussi léger. Mais il ne comprit pas tout de suite l'utilité de ce papier blanc dans l'arrangement du sanctuaire. Du papier blanc sans inscription : un dieu muet! ? Un réceptacle prévu pour une révélation à venir?

Quand le père de Sabine en devina finalement l'utilité, il fut foudroyé de nouveau. De tous les trésors que contenait ce temple, ce papier, sûrement, était le plus précieux. Qui aurait pu imaginer investir tant de soin et de douceur dans le nettoyage des déjections du corps? Et pourquoi? Qui donc avait imaginé ce rituel? Le papier blanc au fond de l'alcôve, comme l'Hostie au fond du Tabernacle, était la raison d'être, l'Esprit pour lequel avait été construit ce temple.

Il s'appuya contre un mur pour ne pas tomber, puis s'assit sur la cuvette, le souffle coupé. Les années passées à prier les genoux fléchis, l'échine pliée et la face contre le sol lui apparurent comme un blasphème contre le Dieu qu'il croyait adorer. De meurtrir et d'humilier le corps blesse l'âme, sûrement, pensa-t-il, défait.

À travers le brouillard des larmes accrochées à ses cils, le père de Sabine vit alors un ange apparaître au-dessus du sol devant lui. Les ailes immenses déployées, les poings fermés le long du corps, les veines du cou gonflées, les lèvres plaquées sur les gencives et la face rougie comme s'il criait déjà depuis des années, il lui hurla au visage : « L'amour de la vie procède obligatoirement de la chair! », puis disparut aussitôt.

Ce fut une révélation.

Le père de Sabine s'effondra sur le sol. Il lutta pour apaiser les battements endiablés de son cœur, en respirant profondément. Une fois calmé, il s'empara du précieux rouleau de papier hygiénique et retourna à la cuisine pour rejoindre son hôte. En larmes, il l'implora de lui en faire cadeau. Le vieil homme accepta, plus inquiet qu'amusé par l'étrange requête.

L e repas fut bref. Le père de Sabine remercia son hôte avec effusion, puis prit congé.

Insouciant et heureux, il marcha jusqu'au bazar où il avait l'habitude de se rendre après ses cueillettes matinales d'antan, suivant un chemin plusieurs milliers de fois parcouru, par réflexe. Il se glissa dans une foule compacte et mouvante de tchadors et de turbans pour s'asseoir finalement contre un mur de briques dont le crépi se détachait par plaques, dans une allée étroite encombrée de kiosques. La chaleur, la poussière, les odeurs, la cacophonie des pourparlers, des surenchères et du froissement des billets de banque l'enveloppaient sans le toucher. Il regardait le fouillis d'épices, de tissus, de poteries, d'onguents, de verroteries, d'outils, d'armes, de bidons d'huile, de bâtons de cire, de paniers tissés, de lampes, d'amulettes, de narguilés, de bijoux d'argent, d'or, d'étain et de cuivre que l'on marchandait autour de lui, comme un film silencieux projeté au ralenti.

« L'amour de la vie procède obligatoirement de la chair. »

Un Iranien d'une trentaine d'années, suivi d'une femme voilée, s'arrêta devant lui, intrigué par le rouleau de papier hygiénique.

— Qu'as-tu dans la main ? demanda le jeune homme, perplexe.

L'interrogation tira le père de Sabine de sa contemplation et, après cette question, s'engouffrant dans la brèche qu'elle avait ouverte, suivirent les bruits, la chaleur, les couleurs et les odeurs du bazar entier.

— Ça ? fit le père de Sabine, c'est la clé de toute la beauté du monde !

Il se remit sur pied d'un geste assuré et, tenant le rouleau de papier hygiénique devant l'homme-qui-voulait-savoir, il se mit à célébrer la beauté du corps humain et de toutes les choses perceptibles par lui. Inspiré, il exalta la richesse des sens d'une voix douce et ferme : la finesse, la force et la noblesse des yeux qui voient, du nez qui hume, des oreilles qui entendent, de la bouche qui goûte et de la peau qui sent.

Lui, qui de toute sa vie n'avait parlé que très peu et avec peine, chantait maintenant.

Une foule grandissante d'hommes sévères et de femmes voilées, sensible par le sang aux choses invisibles et aux moments inspirés, se pressa autour de lui. Un silence respectueux enveloppa le dédale des ruelles du bazar. La voix du père de Sabine, subtile, devint audible sur des kilomètres, comme le vent. Il expliqua à la foule le rituel pour lequel le papier hygiénique avait été conçu et la signification spirituelle du geste. Il plaida magistralement pour la grandeur de l'incarnation et pour l'amour, le soin et le respect que chaque humain doit à son corps : « Car lui seul détient le pouvoir de connaître la douceur du vent, la beauté des blés, le parfum des fleurs, le chant des oiseaux et la chair sucrée des fruits. Le monde est un jardin... »

Il plaida si magistralement que, brisant le silence, une voix lança un prix. Le père de Sabine, que le projet de vendre son précieux rouleau de papier hygiénique n'avait jamais effleuré, fut outré et voulut protester. Mais, avant qu'il pût placer un mot, une autre voix s'éleva en surenchère, puis une autre, et une autre encore. Les hommes criaient leur mise, le poing levé, serrant dans leur paume des liasses de rials. La mise fut doublée, triplée, quadruplée, quintuplée, sextuplée, et ainsi de suite et encore plusieurs fois ; jusqu'à ce qu'une voix autoritaire tranche sur la cacophonie des surenchères en offrant une petite fortune contre le rouleau de papier blanc si subitement et universellement convoité.

La foule se tut à l'annonce de cette dernière enchère.

Un homme d'une cinquantaine d'années, noueux et vif, habillé de drap noir, la tête enturbannée, s'avança vers le père de Sabine comme craché par la foule. Sans dire un mot, il lui enfouit une poignée de billets de banque dans les mains, s'empara du rouleau de papier hygiénique et replongea dans la foule.

Le père de Sabine n'avait jamais vu tant d'argent de toute sa vie.

Riche d'un petit capital, le père de Sabine prit contact avec le marchand qui fournissait les salles de bains des riches. Dès le lendemain, il retourna au bazar les bras chargés de rouleaux de papier hygiénique. Tout fut vendu en quelques minutes. On le revit le lendemain avec une brouette chargée à bloc, le surlendemain avec une petite charrette et, quelques jours plus tard, avec un camion.

De jour en jour, dans tous les quartiers de Téhéran, un nombre croissant d'hommes et de femmes se dirigeaient vers les lieux d'aisance en tenant ostensiblement un rouleau de papier blanc dans leurs mains. La fièvre se propagea bientôt aux villages avoisinants...

Le père de Sabine besognait comme un missionnaire, n'arrêtant que pour dormir brièvement, manger rapidement et prier humblement. Il faisait chaque jour la ronde des marchés de la ville. À chacun de ses arrêts, la foule se pressait autour de son camion comme des réfugiés autour d'un convoi de la Croix-Rouge. Il vendait en quelques minutes la part de son inventaire prévue pour cette étape et devait ensuite chasser les gens pour poursuivre son itinéraire. Il lui fallut bientôt s'occuper aussi des autres villes d'Iran. La tâche devenait surhumaine.

Il entreprit donc l'établissement de kiosques, recrutant dans chaque ville et village le personnel nécessaire au fonctionnement de ses comptoirs. Il acheta des camions, trouva des chauffeurs et mit en place un réseau de distribution qui couvrait la totalité du territoire iranien. Il fit installer le téléphone — à grands frais — aux points stratégiques de son réseau et multiplia ainsi l'accès de son peuple à une myriade de produits d'hygiène personnelle. Bientôt, les denrées, le courrier, les nouvelles de la capitale et les rumeurs du monde circulèrent presque exclusivement par l'entremise de ce

réseau. Les gérants de kiosque devinrent, du jour au lendemain, marchands, journalistes, maîtres de poste et directeurs
de crédit. On les consultait pour l'achat d'outils agricoles,
pour la construction d'un puits, d'une mosquée ou d'une
école ; on sollicitait leurs conseils à propos de tout ; on les invitait aux mariages, aux naissances et aux enterrements.

Le père de Sabine, lui, croulait sous l'or.

Cette masse de rials attira rapidement dans son orbite des
banquiers et des courtiers, comme un soleil retient des planètes autour de lui. Le monde est petit, et ce genre de fortune
rare. Les financiers qui sollicitèrent la gestion des affaires du
père de Sabine (en lui promettant un rendement faramineux)
n'étaient pas étrangers aux familles les plus riches d'Occident. Les montagnes de rials furent convertis en francs, en
dollars, en marks, en yens, en livres, en or et en argent ; et une
armée de clercs fut mobilisée sur le parquet des marchés
boursiers du monde entier.

C'était la planète entière qui, au sortir de la guerre,
bouillait d'une activité fébrile et continue. Partout on inventait, construisait et développait à un rythme dément. Les capi-
taux faisaient éclore des « experts » comme les pluies printa-
nières. Il y avait désormais des experts en tout, capables
d'évaluer, d'analyser, de planifier, de superviser et d'implan-
ter la création ou l'amélioration de mille et une activités plus
productives et lucratives les unes que les autres. On aurait dit
des alchimistes. On aurait cru des enzymes bizarres qui sécrétaient, en digérant n'importe quoi, toujours de l'or et de
l'argent...

Les richesses du père de Sabine, jetées en pâture à ces
étranges créatures, furent donc mobilisées partout dans le
monde. Il y avait un peu de son argent là où on prospectait
l'écorce de la planète pour en extraire le fer, le charbon, le cuivre, le nickel, la bauxite, l'amiante, le pétrole, l'or, l'argent ou
le platine ; et aux endroits où étaient cultivés tous les fruits et
légumes de la création, dans des champs immenses qui
s'étendaient à perte de vue, au creux des vallées fertiles. Il y
en avait aussi dans des usines où des armées d'ouvriers
filaient du coton, sciaient du bois, moulaient du plastique,

fondaient des métaux afin d'assembler des réfrigérateurs, des tondeuses à gazon, des humidificateurs, des chaises de dentiste, des fusils, des téléviseurs, des canons, des motocyclettes, des radios ou des avions... La fortune du père de Sabine croissait avec le même élan, la même fougue que Sabine-mère mettait, à cette époque, à repousser les limites de son territoire. L'ex-chiffonnier posséda bientôt, sans vraiment le savoir tant il y avait d'intermédiaires qui agissaient en son nom, le quart d'une flotte de bateaux anglais, d'une chaîne de grands hôtels canadiens, d'un quotidien new-yorkais, d'un laboratoire pharmaceutique français ; le tiers d'un groupe de radiodiffuseurs allemands, d'un hôpital américain, d'un studio de cinéma indien, d'un couturier italien ; et près de la moitié d'un fabricant de jouets suisse, d'un consortium immobilier thaïlandais, d'une compagnie ferroviaire belge et d'une distillerie écossaise. L'argent du père de Sabine était partout. On en trouvait dans le papier d'emballage d'une plaque de gomme à mâcher, le caoutchouc d'un tuyau d'arrosage, le métal d'une paire de ciseaux, les courroies d'un moteur, le plastique d'un bac à lessive, les ressorts d'un jouet, le cuir d'une paire de souliers, le fluide hydraulique d'un train d'atterrissage, les transistors d'une radio, les cordes d'un violon ou les plombages d'une secrétaire javanaise.

Partout. Mais très peu en Iran...

Car ce dragon, cette pieuvre gigantesque qui ceinturait la terre de milliers de tentacules pour en pomper les sucs, les digérer dans sa panse pour finalement recracher des milliards de tonnes de choses toutes faites sur les hommes ignorait l'Iran. On n'y venait que pour voler le pétrole. Les rials ne circulaient qu'en sens unique, sortant du pays pour ne plus jamais y revenir.

Une fois établis, les kiosques devinrent assez indépendants ; ils fonctionnaient désormais pratiquement sans intervention de la part du père de Sabine. Les fruits de cette aventure, gérés par d'autres, le laissaient libre de son temps. Riche, il put se concentrer sur la réalisation de projets plus personnels. Il se fit d'abord construire une immense salle de bains, aménagée et équipée afin de nettoyer tous les orifices de son corps dans le meilleur confort possible. Puis, là même où s'élevait jadis sa petite cabane de planches, il fit construire une grande pièce rectangulaire percée de plusieurs fenêtres.

Il n'avait besoin de rien de plus.

Mais il se lassa rapidement de la monotonie de cette pièce unique. Il en fit construire une autre juste à côté, et les relia par un corridor. Puis il en fit construire encore une autre. Et une autre encore. Quand la salle de bains fut complètement ceinturée, il entreprit un premier étage. Puis un deuxième.

De l'extérieur, la demeure du père de Sabine ressemblait à un cocon géométrique, à une ruche hérissée de saillies avec la salle de bains au centre comme une reine féconde. De loin, on aurait dit un arbuste gigantesque. De l'intérieur, ce désordre prenait un sens. La disposition des pièces, des fenêtres et des puits de lumière permettait à l'occupant de voir l'extérieur depuis tous les recoins ; et de suivre le soleil qui glissait dans le ciel d'est en ouest. Chaque chambre donnait à la fois sur une autre pièce, un jardin, une cour intérieure et sur la salle de bains. On y entendait toujours le vent et le murmure des fontaines. La splendeur de ce domaine était tout intérieure.

Rapidement, cet étrange édifice, et surtout l'eau courante qui alimentait les fontaines des cours intérieures, attira des familles entières de mendiants, de déshérités et d'indigents. À une dizaine de mètres autour du domaine s'élevèrent bientôt de petites cabanes de planches et de tôle, habitées par des

vieux, des vieilles, des estropiés, des désœuvrés. Tous les mi-
séreux de la ville de Téhéran convergeaient vers le champ de
pierres où le père de Sabine avait vécu seul toute sa vie. On
frappait chaque jour à sa porte pour demander la permission
de remplir quelques cruches d'eau à ses fontaines.

Attristé par la pauvreté de ces gens, par leur indigence et
leur hygiène, le père de Sabine fit construire près des mansardes une fontaine et un bain public. Il engagea quelques
hommes parmi les mendiants pour voir à l'entretien des installations et il les rémunéra généreusement. « Les soins du
corps élèvent l'esprit, disait-il, et les rituels de la toilette in-
diquent le chemin du bonheur et la prospérité. » Il y croyait si
fort qu'on l'entendit même dire à quelques reprises qu'une
brosse à dents en fait plus pour réconcilier l'homme avec le
monde que toutes les messes et les ramadans réunis. Il fit
aussi construire un genre de boulangerie où on pouvait préparer la pâte et faire cuire de grandes galettes de pain en
quantité suffisante pour tous. Chaque matin, les mendiants
apportaient le bois pour la cuisson et les femmes pour l'ouvrage. Le père de Sabine, lui, leur donnait la farine et l'eau.

La rumeur de ces largesses accéléra rapidement la migration des pauvres vers le domaine du père de Sabine ; et des
centaines de petites cabanes de planches et de tôle s'ajoutèrent aux premières. À mesure que ce bidonville spontané
croissait, le père de Sabine multipliait les constructions
publiques. Il veillait à ce que, pour chaque groupe de trente
mansardes, une fontaine, un bain public et une boulangerie
fussent aménagés. Mais aucun plan, aucune politique ne gui-
dait la générosité du père de Sabine. Au lieu de devancer la
demande et de construire ces installations à des points stratégiques afin de contrôler la croissance, la densité et l'organisation physique du bidonville qui s'étalait autour de lui, il ne
faisait que répondre à la demande à mesure que les pauvres
s'entassaient à ses portes. Le bidonville grandissait donc librement, organiquement presque. Et chaque vague d'immi-
grants l'enrichissait soit d'un ébéniste, soit d'un charpentier
ou d'un guérisseur. L'un apportait avec lui des outils ou un
métier à tisser, l'autre un sac de graines, un autre encore une

chèvre ou un mouton. Çà et là, on charriait de la terre pour aménager un potager. Quelque part, on tondait un mouton, ailleurs on filait sa laine, quelqu'un d'autre encore s'occupait d'en faire un vêtement. Chacun contribuait à l'amélioration du quotidien dans la mesure de ses talents. On échangeait du labeur contre des biens, et des biens contre du labeur. Tout se négociait à la pièce.

Seuls les salaires que versait le père de Sabine fournissaient des devises à cette économie et assuraient ainsi un lien avec la ville. Cet argent servait à acheter le riz, le sel, les épices, l'huile, le tabac, le soufre, le cuir, la cire et d'autres produits que la petite communauté ne pouvait produire ou cultiver elle-même. Ces choses provenaient de Téhéran, puis se répandaient par troc dans le bidonville où chacun pouvait se les procurer selon ses besoins.

Quand les migrations cessèrent, le bidonville formait une enceinte qui encerclait complètement la demeure du père de Sabine. On y circulait par un réseau de petites ruelles sinueuses qui convergeaient toutes vers sa maison, comme les chemins du monde vers Rome, formant un labyrinthe hallucinant où un promeneur distrait pouvait se perdre à jamais. Il fallait avoir vu grandir le bidonville, ou y être né, pour vivre dans son ventre hospitalier.

Tout le petit monde du bidonville grouillait assez indépendamment du père de Sabine. Il passait maintenant le plus clair de son temps à voyager et il rapportait de ces voyages des meubles, des tapisseries et des bibelots qu'il entassait dans sa demeure pour le simple plaisir de posséder toutes ces choses. Il recevait aussi les catalogues des maisons de vente aux enchères françaises, allemandes et anglaises, et s'y choisissait des pièces uniques. Dans les chambres de sa grande demeure s'empilaient donc des bureaux à cylindre, des bahuts, des commodes, des tables de toilette, des fauteuils et des secrétaires de factures diverses et parfois étranges. Sur ces meubles rares se bousculaient mille et un objets, des ouvrages soignés qui formaient un univers de pierres et de métaux précieux, de bois travaillé et de cuir assoupli. Un collectionneur aurait reconnu la valeur des plats en faïence d'Alcara, ornés de grotesques. Un érudit se serait pâmé devant les miniatures d'al-Wāsitī. Une sphère armillaire décorée de feuilles d'or et de pierres précieuses, accompagnée d'un astrolabe de la même facture, aurait fait saliver un conservateur, plus encore que l'aquamanile de bronze en forme de paon, qui traînait par ailleurs à côté d'un grand sarcophage de l'époque ptolémaïque. Toutes ces collections, jetées çà et là au hasard, sans ordre apparent, sans maîtrise ni style, donnaient à ce palais des merveilles des allures d'entrepôt. On aurait cru la grotte d'Ali Baba ; et le père de Sabine y vivait dans un état de grâce constant, soupesant ses bibelots au creux de sa main en pensant à ses prochaines acquisitions.

Au jour prévu de la cent troisième ovulation de Sabine-mère, il arrivait justement à Paris pour se rendre à un encan où une écritoire de maroquin du dix-huitième siècle, savamment parfumée à l'époque par un certain Jean-Baptiste Grenouille, était mise en vente par la succession d'un auteur allemand.

De passage à Paris, il débarquait toujours au même endroit : un petit hôtel discret, quai Voltaire, dans le quartier des antiquaires. On s'occupa de ses bagages pendant qu'il réglait le taxi ; puis le garçon de chambre l'invita à l'intérieur d'un geste, en tenant la porte ouverte. Il fit un pas en avant, mais releva la tête distraitement en direction de la rue avant d'entrer.

Sabine-mère était là, sur le trottoir.

Elle était vêtue de la robe blanche à manches longues qu'elle portait souvent les jours où elle devait ovuler. Sortie au milieu de la matinée, elle avait marché sur les Champs-Élysées depuis l'arc de triomphe jusqu'aux jardins des Tuileries (après avoir fait une petite pause devant l'obélisque), attentive aux sensations de son corps. D'un instant à l'autre elle sentirait un pincement dans son ventre, sur la gauche ou sur la droite, puis une chaleur enveloppante.

Les hommes se retournaient sur son passage, les femmes aussi.

Elle marchait lentement vers lui. Leurs regards se croisèrent. Elle ovula...

Alors le cerveau du père de Sabine explosa comme un melon trop mûr, balayant le monde entier du même coup. Ne restait plus que Sabine-mère qui avançait vers lui, sur fond noir. Il voulait cette femme. Il voulait être voulu d'elle.

Elle.

Toute.

Il voulait l'embrasser, la caresser, inspecter les plus secrets détails de son corps avec ses yeux, ses mains, sa bouche. Il n'y comprenait rien, mais tout semblait subitement converger vers cette femme, sa chevelure et le satin de sa peau ; comme si tout avait conspiré depuis toujours pour ce moment, pour ce ventre et ces seins. Figé sur place, il ne pouvait réprimer la sensation que toute sa vie n'était qu'accessoires et prétextes, que morceaux épars et anecdotes disloquées si cette femme, maintenant, comme une phrase de musique qui se résout, n'arrêtait pas devant lui. Maintenant !

Elle avançait tranquillement en flottant dans le vide dans sa robe blanche, sur fond noir. Et lui, paniqué, la bouche sèche et les mains tremblantes, sentait sa cage thoracique imploser vers son ventre, avalé par un vide qu'il ne connaissait pas.

Elle n'était plus qu'à un pas de lui...

Elle allait le dépasser et disparaître...

Il aurait vécu en vain.

Arrivée devant l'hôtel, Sabine-mère s'arrêta et lui prit la main. Il tremblait comme une feuille. Elle resta là un moment à lui caresser l'intérieur de la paume avec son pouce pour le calmer, souriante. Lorsqu'elle sentit qu'il reprenait possession de ses sens et qu'il était en état de marcher tout seul, elle le fit entrer et l'accompagna à sa chambre.

Le garçon d'hôtel leur sourit. Paris.

Arrivés à la chambre, elle ferma les volets et tamisa la lumière des lampes. Elle le déshabilla ensuite en inspectant son corps avec ses mains et sa bouche... doucement... tendrement... puis se dévêtit à son tour. Puis elle le guida vers le lit et le fit coucher sur le dos.

Le père de Sabine la regardait se cambrer, s'étirer et se blottir contre lui, attentif aux frottements de ses seins, de son ventre, de ses cuisses et de ses mains contre sa peau. Il sentait ses propres muscles s'assouplir, se réchauffer. Tout son corps devenait agile et léger. Les battements de son cœur, forts et réguliers, pulsaient jusque dans ses mains et ses pieds, dans sa tête comme dans son pénis en érection. Il en oubliait ses jambes trop courtes, son corps trapu et son visage sévère aux sourcils broussailleux. Il était beau désormais. Viril et puissant.

Il la pénétra doucement.

Les muscles de leurs cuisses, de leurs fesses et de leur dos se contractèrent comme sous l'effet d'un choc électrique. Ils se frottaient l'un sur l'autre, s'embrassaient, se léchaient, se reniflaient. On aurait dit une danse rituelle où elle et lui, animés par des esprits invisibles réunis en cercle autour du lit, étaient jetés de force l'un contre l'autre, intimement liés et radicalement séparés à la fois. Sans un mot, sans un signe, tous les sens de leurs corps noués dans la même étreinte, ils glissèrent d'une position à l'autre dans un enchaînement de gestes fluides, comme s'ils avaient fait l'amour ensemble des milliers de fois.

Les pieds du lit frappaient le plancher de la chambre comme la peau d'un tambour, faisant résonner les murs d'une légère vibration jusqu'aux fondations de l'hôtel. La terre, complice, recevait ces vibrations amoureuses et les amplifiait. Ainsi, leurs ébats rayonnèrent en cercles concentriques, s'étendant depuis leur lit dans le monde entier, comme des ronds dans l'eau. Toute l'écorce de la planète en résonnait ; et les blés, les feuilles, les pétales et les buissons chantèrent un instant leur union.

Ce fut un moment de grand frisson, un instant de grâce miraculeuse, étourdissant de conséquences : ce fut la fabrication de Sabine.

Sabineamour.

# DEUXIÈME PARTIE

# Le temps des prophètes

Et je vis un autre ange, qui montait du côté du soleil levant, et qui tenait le sceau du Dieu vivant ; il cria d'une voix forte aux quatre anges à qui il avait été donné de faire du mal à la terre et à la mer, et il dit : « Ne faites point de mal à la terre, ni à la mer, ni aux arbres, jusqu'à ce que nous ayons marqué du sceau le front des serviteurs de notre Dieu. »

Apocalypse, 7 : 2-3

La vieille bigote mourut avant la fin de mes études. C'est moi qui la découvris, morte d'usure durant la nuit. Je mis trois jours à m'en rendre compte. Elle ne dégageait pas d'odeur. Sèche de son vivant.

Poussière…

La famille me trouva alors un petit appartement et me remit un carnet de chèques. Un montant d'argent, déposé scrupuleusement à mon compte au début de chaque mois, me permettait de vivre sans souci financier.

Quelques années plus tard, je fus convoqué chez un notaire et on me remit l'héritage de ma mère. C'était une somme appréciable, investie prudemment, et dont l'usufruit seul me suffirait à vivre confortablement le reste de ma vie.

Le reste de ma vie…

J'en étais désormais réduit à cela : passer le temps, et traîner ce corps hideux jusqu'au terme de sa vie obstinée.

Une fois les cours terminés, après avoir pris bien soin de cacher l'existence de mon héritage, je m'inscrivis au séminaire. Faute d'avoir la foi, la soutane, pensais-je alors, me permettrait d'attendre la mort sans trop habiter la terre.

Il me fallut répondre «oui» à des questions auxquelles tout mon être criait «non»; mais je fus tout de même reçu. J'aurais fait n'importe quoi.

C'était l'automne. Un petit bagage en main, je franchis le muret qui délimite les cours du séminaire, et le vacarme de la rue, du coup, fit presque silence. J'étais seul. Une allée bordée de grands tilleuls formait un tunnel jusqu'au portail de l'édifice. Leur feuillage était si dense qu'on ne pouvait voir le bâtiment depuis la grille, seulement le portail, à l'autre bout du tunnel, un portail immense, coupé en deux par l'ombre de la voussure. Le vent s'engouffrait dans l'allée et agitait les arbres. On aurait dit qu'elle se contractait comme un muscle, qu'elle déglutissait ou vomissait, selon la direction du vent. Ça aurait pu être le cardia ou le pytore d'un gigantesque estomac, au bout d'un œsophage ou au commencement d'un intestin, selon qu'on y entre ou qu'on en sort. D'une façon ou d'une autre, il s'agissait bien du ventre de la bête, et non de son sein.

Je respirai profondément le parfum des tilleuls et j'avançai vers mon destin...

À l'époque où j'entrai au séminaire, il était encore bien vu qu'une famille bourgeoise abandonne un fils à l'Église. Elle n'était pas contrainte d'y consentir le meilleur. On lui demandait un fils, c'est tout. Alors on s'arrangeait pour choisir celui qui, de toute façon, n'aurait pas su s'imposer dans le monde. Mais pour les familles pauvres, un fils prêtre était un honneur incomparable. Alors on poussait parfois à la prêtrise les fils les plus prometteurs. Ceux-là souffraient beaucoup! Il y avait aussi ceux qui avaient la foi, ou de l'ambition, et qui arrivaient au séminaire contre l'avis de leurs parents. Mais qu'importe les circonstances qui pouvaient mener un jeune homme aux portes du séminaire, qu'importe la variété de caractères à l'intérieur de ce groupe, ils étaient tous avalés de la même façon, soumis à la même digestion, jetés en pâture aux maîtres d'études, aux préfets de discipline, aux directeurs de conscience, aux acides qui, ultimement, les réduiraient en une pâte blanche, mollasse et informe, pour ensuite en faire des curés propres à servir l'Église.

L'Église...

Moi, j'excuse l'Église de tous ses crimes. Je l'absous. Elle a besoin de ses Richelieu et de ses Mazarin, car c'est une institution soumise aux mêmes revers que toutes les autres. Et elle doit donc agir comme toutes les autres pour assurer sa continuité. Si elle a survécu durant des millénaires aux empires et aux rois, si elle a traversé toutes les guerres, si aucun de ses ennemis, internes ou externes, n'a eu raison d'elle en deux mille ans, ce n'est pas qu'elle bénéficie d'une protection divine, mais bien qu'elle a su faire preuve de talent. Bien sûr, elle est plus vicieuse, plus perfide, plus crasse, sournoise, putain et corrompue que tous les empires qu'elle a vus s'écrouler au fil de son existence. Bien sûr qu'il n'existe rien de trop bas, de trop lâche, de trop vil, de trop sale parmi les pires trahisons, les plus vicieux chantages et les plus sournoises manigances propres à la faire hésiter lorsqu'il s'agit de sa survie. Mais là réside toute sa gloire, et la source de mon admiration. Elle est éternelle.

Les grands enjeux ne reposent pas entre les mains des simples curés. Par contre, jamais je n'eus l'ambition de m'élever dans la hiérarchie. L'Église n'a besoin de prêtres que pour célébrer le rituel, faire sonner les cloches, chanter les chorales et parader les statues de plâtre, recevoir la quête et la dîme, sermonner et punir, éduquer et asservir, comme des journaliers qui pellettent le charbon dans l'antre rougi d'une locomotive. Des sergents d'infanterie. Tous. Mais reste que tout l'édifice repose sur eux. Ils sont la base de la pyramide. C'est leur travail qui permet aux évêques, aux cardinaux et au pape d'être entendus partout dans le monde. C'est pourquoi on doit les former de la plus stricte façon. Il n'y a pas de place pour l'initiative ou l'imagination, pas de tolérance pour les débats. L'Église réclame d'abord une obéissance totale avant d'ouvrir les bras.

Durant toute la première année, je fus donc coincé, comme tous les autres, entre les mâchoires d'un terrible étau. D'un côté, les préfets de discipline surveillaient mes rations au réfectoire, inspectaient mes draps pour y recenser les pollutions nocturnes, épiaient mes rares conversations, comptabilisaient mes visites aux toilettes. Infatigables, ils me reprenaient sur tout, notaient mes écarts dans un calepin en multipliant les règles arbitraires pour me pousser aux limites de la révolte. Et de l'autre côté, les directeurs de conscience, tout en murmures et chuchotements, m'invitaient à me rapprocher de Dieu, à suivre l'exemple du Christ. Ils me proposaient un marché, en fait : plus j'étais humble, sobre, chaste et obéissant, plus je réprimais mes pulsions et mes appétits, plus j'exorcisais le reliquat animal qui m'habitait, moins je me heurterais aux règles, moins je souffrirais. Car ma souffrance n'était selon eux qu'indiscipline, qu'égarement. Là-dessus, ils étaient catégoriques ! Plus je m'en remettrais à eux, moins je souffrirais, jusqu'à ne plus souffrir du tout. C'était une promesse.

J'y crus...

Pour tout dire, je fus d'un zèle étonnant. Je m'imposais des nuits de veille, à genoux sur la pierre, devant un crucifix. Je jeûnais deux jours sur trois et ne me lavais plus qu'à l'eau glacée. La nuit, je serrais un garrot à la base de mon pénis pour empêcher le sang d'y affluer. Bientôt, je le portai aussi de jour, ne le retirant que pour uriner. Quand une érection me prenait alors, je me brûlais la plante des pieds avec des allumettes pour la faire passer. La faim me harcelait constamment. L'épuisement provoquait des bouffées de chaleur et des étourdissements qui me faisaient presque perdre connaissance. Mon pénis et mon scrotum, lacérés de plaies boursouflées, menaçaient de s'infecter. Des crises d'angoisse névrotiques me secouaient ponctuellement, si fortes que je croyais perdre l'esprit. Mais je tins le coup, plus d'un an. Je respectai scrupuleusement les enseignements que j'avais reçus. Et alors, un jour — merveilleux —, les promesses tant attendues se réalisèrent...

C'était un dimanche. J'étais en rang avec les autres et nous marchions vers la chapelle quand, subitement, ils se retournèrent tous vers moi. Je restai figé ! Plusieurs s'avancèrent, affolés, pour s'agenouiller devant moi. Les autres se bousculaient autour et regardaient fixement à mes pieds. Je voulus reculer, mais je restai immobile. Mon corps ne répondait plus. Pris de confusion, je regardais mes pieds. Et j'étais là, couché sur le sol !

Ça ressemblait assez à une crise d'épilepsie. J'étais agité de spasmes, une écume blanche coulait de ma bouche. On s'affairait autour de moi, on défaisait mon col, on prenait mon pouls, on tâtait mon front et mes joues. Et moi, au-dessus de la mêlée, j'étais convaincu d'être en train de mourir, exaucé d'en être là, suffoquant de joie au moment de ma mort !

Mais non...

Les spasmes cessèrent. Puis je me vis rouvrir les yeux. On m'aida à me remettre sur pied et à reprendre ma place dans les rangs. Estomaqué, je me regardai ensuite entrer dans la chapelle avec tous les autres ! Mon esprit, mon âme, je ne sais trop quoi en fait, étaient restés fixés derrière, dans le corridor. J'aurais voulu m'élever, traverser la toiture, grimper hors de l'atmosphère et me dissoudre. Ou encore me glisser dans la chapelle, empoigner — je ne sais comment — un crucifix ou un chandelier pour me fracasser le crâne et en finir, mais je n'arrivais pas à me mouvoir. J'étais là, du moins mon esprit était là, suspendu dans les airs, figé sur place.

Rapidement, les sons se firent de plus en plus lointains. Puis je notai que les carrés de lumière sur le sol s'immobilisaient, comme si le soleil avait interrompu sa course dans le ciel. Tout devenait fixe comme sur une photo. Et moi, je n'étais plus qu'une trace de doigt sur le coin racorni de cette photographie qui s'estompait d'ailleurs peu à peu...

Le repos...

Tout aussi mystérieusement qu'au moment de mon égarement, je me réveillai de nouveau dans mon corps au petit matin. Un jour entier avait passé. J'avais toujours le garrot bien serré à la base de mon pénis. Mes draps n'étaient pas souillés. Mon corps avait maintenu la discipline que je lui avais imposée, comme une bête docile.

Ce matin-là, à la chapelle et au réfectoire, j'épiai les regards pour y discerner un indice, quelque chose qui m'aurait instruit sur le comportement de mon corps durant cette journée d'absence. Rien ne m'indiqua que j'avais agi d'une façon excentrique. J'avais vraisemblablement accompli mes tâches journalières le plus normalement du monde.

Le dimanche suivant, le même phénomène se produisit. Cette fois, je me vis apparaître juste devant moi, tituber sur deux ou trois mètres avant de poser un genou par terre pour reprendre mon équilibre. On me tendit la main pour m'aider à me relever. Une fois sur pied, je repris le chemin de la chapelle. Encore une fois, la partie immatérielle de ma personne était restée figée sur place !

Le dimanche d'après, ce fut tout juste si je vacillai un peu lors de ma dissociation. Le dimanche suivant, mon corps n'eut pas le moindre tressaillement. J'aperçus simplement mon crâne difforme, aux cheveux gras clairsemés, s'éloigner de moi, jusqu'à ce que le crâne de celui qui me suivait dans les rangs apparût à son tour, puis celui de l'autre derrière lui.

Chaque fois, je réintégrais mon corps le lendemain. Je me retrouvais au réfectoire en train de déglutir un gruau tiède, en rang au sortir de la chapelle ou en conversation avec un des préfets de discipline qui, depuis un temps déjà, me citait souvent en exemple pour ma sobriété parfaite en toutes choses.

Aux dimanches s'ajoutèrent les vendredis, en fin d'après-midi. Durant le carême de cette année-là, mon corps se sépara de moi à plusieurs reprises. Le matin du Vendredi saint, mon « aura » resta clouée au lit jusqu'au lundi.

Cet étrange phénomène suivait à la lettre le calendrier des fêtes religieuses catholiques. Il suffisait qu'un nombre assez important d'hommes et de femmes se mettent à genoux pour que ma personne se détache de mon corps, comme une viande bouillie glisse de sur son os ! J'aurais été incapable de provoquer cette chose par un acte de ma volonté. Mais il suffisait que trois ou quatre autobus remplis de bigotes s'arrêtassent devant l'oratoire Saint-Joseph et que les pèlerins, chapelet en mains, entreprissent l'ascension des escaliers à genoux, pour que la rupture — radicale — eût automatiquement lieu.

Peuple à genoux !

Ce furent des années de bonheur incomparable. J'étais exaucé ! Pour tout dire, je ne souffrais plus. La promesse avait été tenue : à force de nier et de châtier mon corps, j'en étais libéré. Mon corps était d'une maigreur à faire peur, j'avais des cloques d'eau sur la plante de mes pieds et mon sexe s'était racorni, devenant presque gangreneux. Mais je ne souffrais pas. Je ne souffrais plus. Le ciel ne s'ouvrait plus comme un gouffre. Le silence ne me tordait plus les entrailles. Le désir ne me poursuivait plus comme une meute de chiens enragés. L'angoisse étouffante ne me visitait plus.

Que vive l'Église à jamais !

Mon vicariat dura dix-huit mois. Il ne fut pas très difficile. On m'accorda de le faire auprès d'un vieux curé de village tout décrépit qui oscillait à longueur de journée d'un état de complète sénilité à un genre de semi-lucidité. Ses messes étaient longues... mais j'appris là toutes les simagrées du culte.

Puis je fus recommandé à l'évêque, et on me confia la cure d'une paroisse populeuse, au cœur d'une petite ville de la Rive-Sud de Montréal. Jamais fidèles ne furent si bien servis. Les portes de l'église et des confessionnaux restaient ouvertes jour et nuit. Les novices, les diacres, les enfants de chœur et jusqu'aux chanteurs de la chorale étaient menés de main de fer. Les punaises de ma sacristie asticotaient, torchaient, frottaient et cuisinaient sans répit. On célébrait la foi si fort dans cette paroisse que mon esprit, enfin, la chose, ne quittait pratiquement plus le lit. Je n'avais qu'à regarder mon corps se lever, puis sortir vaquer à sa mission. Alors le temps ralentissait, se suspendait bientôt...

Je n'étais plus vraiment humain que la nuit, lorsque les paroissiens dormaient. Alors je pouvais errer dans l'église. Dans mon corps et dans ce lieu, j'entendais les échos du latin et des clochettes qui faisaient s'agenouiller les hommes. Du fond des confessionnaux, le relent du murmure des aveux serviles me caressait comme une brise. L'air vibrait encore des chants de la journée, toujours les mêmes, année après année. Tout respirait l'ordre et la conformité.

Je vécus ainsi durant quatre ans. Puis, à partir de 1965, l'évêché se mit à me bombarder sans arrêt de lettres pastorales... C'est que Paul VI, le pape lui-même en personne, le magistère suprême, clôturait alors le deuxième concile du Vatican et crachait désormais sur son troupeau les mandements indiscutables par lesquels il comptait restaurer l'unité chrétienne et renouveler l'Église devant le monde moderne.

Ô le traître !

Ô le chien bâtard !

Ce vieux débile me déchirait la soutane sur le dos. Quel front hallucinant, ce pape ! Du jour au lendemain, il transformait l'Église : finies les messes en latin ! Finie la suprême catéchèse ! Finies les confessions humiliantes ! Finies les processions à n'en plus finir ! Finis l'or et le faste ! Finis les cloîtres ! Finie l'autorité du prêtre ! Fini ! Fini ! Fini ! Ce pape immonde voulait dorénavant que ses soldats célèbrent la Foi en faisant face aux paroissiens, qu'ils prononcent les sermons depuis le chœur et non plus du haut des chaires. Ce traître voulait que ses prêtres se mêlent au troupeau, qu'ils se frottent à la populace, qu'ils vivent dans le monde…

Ô le traître !

Ô le chien bâtard !

Dès les premiers jours, je ressentis au plus profond de mon être les effets pervers de cette trahison. On m'interdisait de parader avec les statues dans les rues. On me forçait à dire la messe en français. On invitait les paroissiens à lire des traductions de la Bible. Le haut clergé les encourageait à empiéter sur ma juridiction ! Devant l'hôtel de ville, les couples se bousculaient pour aller divorcer, pour défaire les liens que j'avais noués de ma main, indifférents aux menaces qui les avaient maintenus ensemble tant d'années ! De semaine en semaine, mon église se vidait. Les prêtres défroquaient pour épouser des religieuses.

Vint fatalement le jour où je réintégrai mon corps en plein milieu d'une messe… Dégoûté, je laissai mon corps reprendre le dessus. Je mangeais comme un goinfre. Je me masturbais comme un singe. J'étais désespéré. Des mois durant, j'entretins l'espoir que cette déroute allait cesser, que les fidèles protesteraient, que la sainte autorité de l'Église serait restaurée. Mais le jour où j'entendis une fillette me murmurer pour toute confession le laconique : «Mon père j'ai péché, pardonnez-moi», je perdis toute illusion.

«Pardonnez-moi.» C'était un ordre !

Ceux qui restèrent attachés aux anciennes pratiques furent balayés par ce vent de folie et de réforme. L'Église s'effondrait, et moi, je souffrais de nouveau.

Alors un soir, fou de rage, je saccageai mon église. Je brisai les crucifix et les statues, cassai les vitraux, déchirai les vêtements sacerdotaux et éventrai le tabernacle pour cracher sur les hosties qui s'y trouvaient.

Après avoir pissé sur l'autel, je me fondis dans l'hiver et la nuit.

Ô cette crapule de pape !

Je récupérai d'abord l'héritage de ma mère. Après m'être procuré quelques vêtements civils, je me trouvai un petit appartement au centre-ville de Montréal — une cellule de moine — et je m'y enfermai, résolu comme jamais à ne pas habiter le monde. Jamais. Incapable de m'enlever la vie, je n'avais plus qu'à laisser le temps passer, sans bouger, comme un soldat au fond d'une tranchée qui attend les yeux et les poings fermés que se taisent enfin les canons...

Si on entend souvent dire que la vie est courte, on ne peut savoir à quel point elle est longue quand on n'a rien à faire. Un interminable gaspillage, vraiment. J'appris dans les livres à jouer du piano, du violon et de la clarinette ; à parler l'allemand, le russe, l'espagnol et le chinois. Je m'amusai à mémoriser le nom des plantes, le nom des étoiles, le nom des citoyens dans les bottins téléphoniques. Je me masturbai sans vergogne jusqu'à l'écœurement. Je pleurai sur mon sort toutes les larmes de mon corps et je macérai dans mes larmes comme le cuir d'un fouet qu'on assouplit.

Je n'ai plus de larmes aujourd'hui.

Si j'avais été beau, ou à peu près beau, ou même laid mais à l'intérieur des paramètres normaux de la laideur, je me serais peut-être fait quelques amis ; j'aurais peut-être eu une vie. Mais non... Rien... Je n'étais rien, pour personne. Si j'avais été pauvre aussi, peut-être que la nécessité m'aurait obligé à me jeter dans la mêlée ; à faire quelque chose ; à me battre ; à être au monde, dans le monde, avec les gens et les choses. Mais non... je ne manquais jamais de rien. En fait, la chose que vous imaginez en lisant ces mots sur le papier, le personnage si vous voulez, cette impression floue, cette idée vague sans poids ni contour est sûrement beaucoup plus réelle que je n'ai moi-même jamais été.

Je ne suis rien.

Si j'avais pu mourir, au moins. Mais non.

Enfermé dans ce petit appartement comme une larve morte dans son cocon, je me levais à l'aube chaque matin, déçu d'être encore en vie, ne sachant plus quoi inventer pour tuer le temps jusqu'à la nuit.

Si j'avais pu tuer le temps au moins. Mais non.

Alors je passais mes journées sur une chaise de bois dur, placée près de l'unique fenêtre de mon appartement, un peu en retrait afin de ne pas être vu de la rue, pour observer les gens qui allaient et venaient.

Le monde...

Partout où on regarde, à n'importe quel moment du jour ou de la nuit, on trouve toujours quelqu'un, quelque part, avec la bouche ouverte et les poings fermés. C'est dégoûtant. On entend toujours crier, pleurer et gémir. La peur, le doute, la faim, le froid et la folie viennent à bout de tout, toujours et partout ; et l'injustice règne sur cette tragédie grotesque comme un roi cynique.

Depuis ma fenêtre, votre monde en ébullition qui se cambre, se tord et sursaute comme un épileptique en crise paraissait si fragile, si précairement en équilibre au bord d'un gouffre que chaque matin du monde semblait promettre sa perte.

Pourtant...

Chaque jour vers sept heures trente le cœur de la ville se contractait ; battait un grand coup et aspirait vers son centre la populace des banlieues, comme une marée de porte-documents et de boîtes à lunch déferlant sur la cité. Et chaque soir, vers seize heures, le cœur se décontractait et tout ce petit monde s'en retournait chez soi en crachant, maugréant et blasphémant pour se remplir la panse et fabriquer des bébés.

Systole-diastole.

Comme un manège obsédant.

C'est une machine, le monde. C'est une chose laissée à elle-même qui rage, crie et se multiplie. Personne n'y peut plus rien. On a lâché la bride. Il n'y a plus de maître !

Dix ans plus tôt pourtant, il suffisait de brandir un crucifix... Il y avait de la noblesse et du style... Il y avait des mentors et des chefs... L'ordre régnait... Tous savaient à quoi s'en tenir... Mais maintenant, le cerveau javellisé de n'importe quel petit commis de bureau abrite une solution à tout. Demandez-lui d'exprimer ses idées : il reste muet. Mais exprimez les vôtres devant lui et l'idiot n'arrive plus à se taire. Cet avorton sans éducation et sans imagination devient tour à tour prix Nobel d'économie, de physique et de littérature, historien, théologien et stratège militaire. La plus claire, la plus solide démonstration logique n'arrive pas à ébranler l'obscur dédale de ses raisonnements ; et le demeuré, à court d'arguments, finit par se retrancher derrière son sacro-saint droit à ses propres opinions, menaçant le monde entier, un bulletin de vote au poing. C'est un spectacle dégoûtant. Démocratique. C'est la tyrannie du nombre imbécile.

Il n'y a plus que la science pour tirer son épingle du jeu : si ce même idiot a mal au ventre, il court chez son médecin et se penche docilement devant lui pour se faire enfoncer un doigt dans le rectum... Quel homme d'État, de nos jours, pourrait inspirer la même humilité à son peuple ? Le pape lui-même n'y arrive plus. Il a abdiqué.

Mais le monde fonctionne quand même, jour après jour. C'est déroutant. Et les milliards de faux culs, d'ivrognes, de menteurs, de pisse-vinaigre, de brutes, de flancs-mous, de lèche-culs, d'abrutis, de traîtres, d'assassins et d'avortons qui le composent, humbles ou puissants, n'y peuvent rien. Le monde fonctionne selon ses propres règles, c'est tout.

Les gens, eux, souffrent.

Même le ventre plein, ils souffrent. C'est la seule certitude qui soit, la seule évidence qu'offre le spectacle du monde. C'est un bruit de fond constant, un murmure qui s'élève de la foule grouillante et qui se mêle à tout, partout.

Les gens souffrent...

Depuis ma fenêtre, dans la retraite stérile de mon logis, je passai des jours et des semaines à regarder courir les humains comme des poulets décapités. Je vis les banlieues s'étendre comme des nappes d'huile autour de pétroliers éventrés. Je regardai pousser les tours. J'assistai à la naissance de cette nation industrieuse qui ne produit plus qu'une marée sans cesse montante de babioles superflues et de loisirs idiots.

La paix... comme le fond d'un trou.

Or, même la plus crasse médiocrité ne saura calmer nos angoisses. C'est peine perdue! Il faut des bûchers et des boucs émissaires; il faut une pléthore de démons; il faut le Mal... Et, surtout, il faut un Maître pour organiser tout cela.

Il n'y a plus de Maître.

Certaines nécessités m'obligeaient cependant à sortir de mon trou de temps à autre. J'aurais préféré tout me faire livrer, mais c'était impossible. J'attendais généralement une journée pluvieuse, lorsque les trottoirs sont moins encombrés, pour m'aventurer hors de mon cocon. Mais même dans les meilleures conditions, même réduits au minimum, ces frottements furtifs avec le monde m'écœuraient au plus haut point. J'avais beau longer les murs et marcher la tête basse, je finissais toujours par me faire avaler dans le bouillonnement de la rue : vivant, agité, fécond et inconséquent. Cela me tuait ! Du haut de ma fenêtre, c'était facile de réduire le monde à une machine endiablée qui pisse l'huile par tous ses joints. Mais dans la rue, dans la mêlée des regards et des frottements, la confusion reprend ses droits. Tout bascule tout le temps. Une simple rencontre change une vie. Un accident, un rien du tout, fait s'effondrer les plus solides planifications. Un mot entendu par-dessus le vacarme soude ou dissout des amitiés. Les gens se toisent et se mesurent, s'invitent ou s'injurient. C'est un frémissement perpétuel, un visage qui se métamorphose constamment.

C'était pour moi un chant de sirène. J'aurais voulu vivre moi aussi. Connaître l'échec et la victoire et tout le tralala… Mais je ne suis pas un homme. Ces courtes excursions me blessaient cruellement.

Heureusement, j'avais trouvé un sanctuaire où me reposer, un endroit où reprendre mon souffle chaque fois que je devais sortir dans le monde ; et je m'y arrêtais à l'aller comme au retour pour refaire mes forces.

C'était un casse-croûte miteux, un boui-boui insalubre qui occupait une partie du rez-de-chaussée d'un vieil immeuble de trois étages, coincé entre deux gratte-ciel du centre-ville. On y entrait par un vestibule sombre, étrangement spacieux.

La pièce, séparée en deux sur sa longueur par un comptoir jalonné de tabourets fixés au sol, ressemblait à un corridor d'hôpital. D'un côté se trouvaient des plaques chauffantes, un réfrigérateur, un lavabo, un petit poste de télévision et un cuisinier bedonnant, en camisole, recouvert du même film graisseux que ses ustensiles ; et de l'autre, cordées comme des civières, dix longues tables de formica verdâtre usées, flanquées de banquettes de cuirette brune, vissées au mur et au plancher, près des fenêtres. Toute la façade du restaurant était percée de fenêtres. Mais, suintantes de graisse à l'intérieur et recouvertes de poussière à l'extérieur, ces fenêtres ne laissaient plus passer la lumière que par de rares faisceaux ; et si de l'intérieur on pouvait voir la rue, il faisait si sombre dans cette cantine sordide que de la rue on ne voyait rien, sinon un miroir. Une serveuse fatiguée, cigarette au bec, faisait la navette entre le cuisinier et les tables en se traînant les pieds, seize à dix-huit heures par jour, sept jours par semaine. Elle fumait continuellement. Quand elle se déplaçait, elle traçait un sillage dans les minces nuages de fumée suspendus au-dessus des têtes des clients assis ; et l'air était si stagnant dans ce trou qu'on pouvait encore voir le tracé de son parcours longtemps après qu'elle était passée. Rien d'autre ne bougeait à l'intérieur de ces murs que la serveuse, la fumée autour d'elle, et les images sur l'écran de la télévision. Autrement, le temps semblait suspendu. Le carrelage fissuré du plancher, la peinture écaillée des murs, les réclames démodées, les plantes de plastique jauni, la caisse à gros boutons... tout cela avait été oublié du monde depuis longtemps.

Je trouvais chaque fois la même clientèle d'habitués, tous assis chacun dans son coin en silence : des visages éteints, des vieux laissés-pour-compte, des fous. Il y avait la vieille bonne femme en loques, appuyée sur sa canne, un sac par terre entre ses pieds, le clochard ahuri, le vieil alcoolique, le psychotique, l'immigrant sans ressources, la prostituée fanée. Ils avaient tous, plaqué sur le visage, le même sourire figé qu'ont les têtes de mort, hypnotisés par le malheur comme la proie par le cobra. Dès le matin, matin après matin, ils glissaient à travers la foule jusque derrière les fenêtres sales de ce casse-croûte miteux, loin du monde insolent et de son chahut, pour s'asseoir la tête enfoncée entre les épaules, un œil louchant sur la rue, devant une soupe tiède. Et là, du coup, la mince paroi de verre qui les séparait désormais de la rue devenait une palissade imprenable derrière laquelle ils ne craignaient plus rien. Le vacarme du monde s'y arrêtait net. Les désirs, les victoires, les défaites et les engrenages qui vous entraînent et vous tiraillent du berceau au tombeau, les maux du cœur comme ceux de l'esprit s'estompaient comme se termine un mauvais rêve, dans une pénombre moite et tiède. Une fois à l'abri derrière les fenêtres du restaurant, tout ce chahut n'était plus qu'un spectacle de cirque avec ses effets de lumière colorée et de musique de fanfare : une ronde lubrique, sans conséquence.

C'était mon abri : un coin de paradis, une cloche de verre sous laquelle je pouvais me glisser pour reprendre mon souffle, chaque fois que la nécessité me poussait à replonger dans le monde.

Lorsqu'un habitué ne revenait plus, mort sûrement, il suffisait de quelques jours pour qu'un autre désespéré nous arrive tout frais de la rue afin de prendre la place laissée vacante. Après deux semaines tout au plus, on voyait apparaître sur son visage le même sourire qu'il trouvait sur les autres autour de lui et, du coup, il était admis dans notre silence. Mais durant ces quelques jours d'attente, chaque fois qu'une place était libérée, on pouvait sentir une gêne, une crainte poindre dans l'atmosphère habituellement uniforme du casse-croûte. Une place libre fragilisait les remparts de ce temple. C'était une fissure par laquelle le monde vivant pouvait nous envahir à tout instant.

Il arrivait par exemple qu'un étourdi entre dans ce lieu par erreur : un étudiant, l'hiver, qui cherche à se réchauffer en attendant l'autobus, ou une femme, le soir, qui veut se faire appeler un taxi. Mais aussitôt le seuil franchi, l'étranger restait figé sur place et oubliait la raison pour laquelle il était entré. Il restait là un instant, mal à l'aise, comme s'il avait interrompu une cérémonie grave et solennelle, puis s'en retournait dehors, gêné. Parfois aussi, un homme tentait de s'installer. Il revenait régulièrement durant une quinzaine de jours. Mais si la chimie ne jouait pas, si le sourire morbide n'apparaissait pas sur son visage dans les vingt jours, il comprenait de lui-même qu'il n'était pas à sa place, que la vie avait encore quelques parcelles de joie et de misère en réserve pour lui ; et on ne le revoyait plus.

J'ai vécu mille fois l'angoisse d'une place vacante ; et mille fois encore le soulagement de voir s'y installer enfin un alcoolique fini ou un homme d'affaires ruiné.

Mais apparut un jour un individu unique, venu de nulle part ; et pour la première fois de ma vie le projet de tuer un homme germa dans mon esprit...

Il devait avoir trente-cinq ans environ ; trop jeune premièrement pour se retrouver parmi nous. Trop beau aussi. Il faisait au moins un mètre quatre-vingt-dix, une centaine de kilos, il avait des épaules larges et solides, un torse de taureau, des mains grandes et fortes, étrangement agiles. Ses cheveux châtains, minces et soyeux, qui dansaient par mèches devant ses yeux, et sa barbe courte, noire mais parsemée de poils blonds, lui donnaient un air de berger. Malgré sa carrure impressionnante, il bougeait avec aisance, avec grâce même. Et il savait parler. Dieu qu'il savait parler ! C'en était assommant de l'entendre si bien parler. Et il parlait tout le temps... pour dire n'importe quoi... d'une voix ronde, mâle et sensuelle : l'homme le plus détestable qu'on puisse imaginer !

Au début, je crus qu'il ne durerait pas trois jours parmi nous. Il prenait place, commandait sa soupe comme tout le monde, lapait lentement, puis allumait une cigarette. Mais ensuite, au lieu de garder le silence comme il l'aurait dû, il s'adressait soudainement à son voisin pour faire la conversation ! Cet homme avait toujours quelque chose à dire d'impérieux, d'urgent ! Un rien, vraiment n'importe quoi, déclenchait chez lui ce réflexe verbeux. Ce pouvait être un bulletin de nouvelles à la télévision, au-dessus du cuisinier, un titre du journal (il en lisait plusieurs), une rumeur dans la rue... n'importe quoi ! Alors il s'adressait à son voisin le plus proche qui, à tout coup, prenait son bol de soupe et fuyait au fond de la pièce. Quand il ne le poursuivait pas carrément, il haussait le ton pour être entendu d'une personne assise un peu plus loin. Invariablement, il finissait par gueuler pour l'assemblée entière des clients, qui se retrouvaient tous empilés sur la banquette du fond, alors que lui faisait les cent pas le long du comptoir en gesticulant comme un fou. Insupportable! Il en avait contre tout: les Parlements, les corporations, l'armée, les juges, les femmes, les banques, les syndicats... Il tirait sur tout, à bout portant, échafaudant ses arguments sur une culture provenant de magazines, de reportages et de slogans. Il mélangeait Marx et Jésus, Napoléon et Robespierre, les Romains et les Grecs, la révolution américaine et celle des Français. À l'entendre, les bolcheviks auraient combattu les protestants à La Rochelle, Champlain aurait été vice-roi des Indes, et la CIA, fondée par de Gaulle.

N'importe quoi...

Sauf qu'il avait du geste. Ses âneries coulaient de sa bouche comme un ruisseau; rugissaient parfois comme un torrent. Il pouvait ainsi sauter d'un sujet à l'autre, sans l'ombre d'un lien logique, sans paraître perdre le fil. On ne voyait que le style, que l'effet. De cette façon, il réparait toutes les erreurs de l'histoire et se portait au secours d'une humanité qu'il décrivait lamentablement sournoise, vicieuse et corrompue, obscène, sauvage et sans pitié.

Si seulement on lui avait demandé son avis...

Parfois, il parlait aussi de lui. Il avait été avocat ou agent d'artistes ou les deux à la fois. Si rien n'avait marché pour lui, c'était à cause de ceci ou de cela. Il parlait d'une femme à l'occasion, dont j'oublie le nom, et qui s'était révélée n'être qu'une hyène, qu'une salope et une putain de toute façon. Aujourd'hui, il n'était plus rien du tout, sinon un bretteur aux semelles trouées, bouffi d'orgueil, sans montre au poignet, plaidant des causes sans queue ni tête dans l'un ou l'autre de ses deux complets-cravate usés, récupérés du passé.

Un emmerdeur.

Après quinze jours de ce régime, la situation devint franchement pénible. À l'atmosphère morose et rassurante du restaurant s'était substituée une tension presque électrique, comme l'anticipation épuisante d'un péril qui ne vient pas.

Tellement qu'au bout d'un mois, une autre place devint vacante. Dix jours après : une autre encore. Quelques jours plus tard : encore une autre... On abandonnait le navire ! Les désespérés fuyaient cet avorton comme la peste. Ils trouvaient refuge ailleurs ou se pendaient, je ne sais trop, mais reste qu'on ne les revoyait plus.

La serveuse mélangeait de l'eau de vaisselle à la soupe de l'importun. Les clients restants faisaient l'effort de lui jeter un regard hostile à son arrivée au restaurant. Mais l'imbécile ne comprenait rien. Il revenait, jour après jour. Je le trouvais toujours en train de maudire, de blâmer, d'accuser, de vociférer chaque fois que j'arrivais à mon refuge. À plusieurs reprises, je fus forcé de continuer mon chemin sans le répit d'une halte. Et il y avait désormais tant de places vacantes dans le casse-croûte, qu'on vit un jour un étudiant entrer, s'asseoir, commander un sandwich et le manger !

La catastrophe était imminente ! Il fallait agir ! Chasser ce crétin !

Mais comment ?

J'étais impuissant et je bouillais de rage. Je ne pouvais que le regarder frapper à grands coups de hache dans les cales du navire. Il pontifiait, pourfendait, sermonnait en agitant ses grands bras en l'air, le torse bombé, les mèches folles ; et lorsqu'il passait près de moi, l'envie de lui sauter à la gorge devenait irrépressible. Le tuer ! Il fallait le tuer ! Lui trancher la jugulaire, le démembrer, cacher ses restes dans les réfrigérateurs du restaurant et les servir morceau par morceau aux clients ; pulvériser ses ossements et en écouler la poudre dans les salières ; le faire disparaître, sans trace !

J'étais à bout.

Et puis un jour, tout a basculé...

Il chialait, bien sûr. Et moi, assis sur la banquette du fond, je sombrais de nouveau dans la pire confusion tellement la colère m'étouffait. J'en avais des points rouges devant les yeux. Les dents me craquaient dans la bouche. J'allais éclater de rage lorsque, soudainement, un calme profond m'envahit... Mon cœur se calma. Il battait fort, mais lentement. Une résolution sourde s'était enfin fixée dans mon esprit ; et la conviction inébranlable que j'allais anéantir cet abruti me donnait le sang-froid nécessaire pour passer à l'acte.

C'en était fait de lui.

Il passa près de ma banquette une autre fois, en gesticulant. Je le laissai faire, calmement. Il repassa encore. Je ne bougeai pas. Je le fixais comme une chose, une cible. Ce n'était plus un être humain, simplement une chose fragile qui bougeait tout le temps, bruyamment. Une nuisance. Un insecte. Lorsqu'il passa tout près de nouveau, je me levai pour visser sur lui mes yeux ronds, exorbités et fixes comme les bouches de deux canons.

Du coup, il se tut.

Je fis un pas vers lui, puis un autre. Il ne bougea pas, intrigué par l'étrange visage qui glissait vers lui. Je sentis même qu'il avait peur. Une fois à sa hauteur, j'approchai ma bouche de son oreille. Par réflexe, il recula d'un pas, tout contre le comptoir. J'avançai encore. Il arqua le dos. Incapable de reculer plus loin, il me laissa approcher mes lèvres de son oreille. Il grimaçait. Je restai là, deux ou trois interminables secondes, en humectant mes lèvres comme une mante religieuse qui se frotte les pattes au-dessus de sa proie. Un sentiment de toute-puissance me fit sourire. Et alors, d'une voix ronde et douce que jamais je ne me serais cru capable d'employer — comme un dragon qui crache pourtant —, je lui dis enfin ces mots rassurants :

« La fin du monde est proche. »

Puis je fis une pause.

« Comme pour Sodome, comme pour Gomorrhe, la fin est proche. »

Ses membres se ramollirent. Il s'appuya d'abord sur le comptoir, puis dut s'asseoir sur un tabouret.

J'avais visé juste.

Bien sûr, les lâches meurent d'envie d'entendre dire que le monde est sale et sans salut. Sodome. Gomorrhe. C'est une musique à leurs oreilles, un baume sur leurs plaies. Car l'idée que seuls les tricheurs, les putains et les menteurs prospèrent en ce monde fait d'eux des martyrs innocents et les excuse du coup des années perdues à dormir et à se masturber, comme si la petitesse de leur vie témoignait soudainement de la blanche pureté de leur âme. Ça leur fait l'effet d'un grand pardon; et ils en redemandent sans cesse.

Mais même les pires revers de fortune ne peuvent amener un individu à déclarer la fin du monde. Il sombre dans la folie plutôt. Il faut que ce soit une annonciation. C'est obligatoire. Et moi, j'étais plus qu'heureux de lui rendre ce service. Et j'avais mieux encore pour ce pleurnichard. Il méritait un châtiment plus grave; et j'avais de quoi l'avaler tout rond, de quoi en faire une loque à mes pieds.

Après un moment, donc, je pris place à côté de lui pour ajouter sur le même ton:

«Seuls les Élus seront sauvés.»

«Seuls les Élus seront sauvés.» Tenez-vous-le pour dit!

Quelques semaines suffiront pour que cet homme m'ouvre son cœur, croyais-je alors ; et un mois ou deux, tout au plus, pour pousser ce crétin au suicide.

Je n'avais qu'à lui bourrer le crâne d'âneries apocalyptiques (il ne demandait pas mieux) et à le tenir en suspens quant à savoir s'il était un Élu ou non ; s'il était sauvé... ou non. Faire monter la tension jusqu'au point de rupture, puis lui dire d'un ton cérémonieux qu'il était effectivement un Élu, l'Élu des Élus même, si ça pouvait lui faire plaisir, en l'avisant que Dieu le réclamait auprès de lui avant de détruire le monde... La fin est proche...

Puis, une main sur l'épaule...

Un mot d'admiration...

Une larme peut-être, si j'en trouvais la force...

Et un gobelet de jus mêlé à un poison...

Fini.

Pour lui, ce ne serait pas un suicide, mais un passage vers sa libération. Et la mienne.

Au début, je n'avais qu'à lui prêter une oreille attentive, qu'à l'appuyer dans son dégoût, qu'à lui donner raison en tout — chose pénible, mais que je faisais volontiers car, de cette façon, il ne pontifiait plus en public et la clientèle du casse-croûte eut enfin un répit.

L'hémorragie cessa ; et les places vacantes furent une à une reprises par des sujets respectables.

Toute l'attention de ma victime était désormais fixée sur moi.

Je me rendais donc au casse-croûte tous les jours pour l'entendre me dire à quel point le monde était sale. Il me parlait des guerres, des tyrannies, des génocides dont l'histoire était remplie à ras bord. Il épluchait pour moi les journaux afin de me faire comprendre que le meurtre, le complot et la traîtrise régnaient toujours et à jamais. Moi, j'acquiesçais tranquillement.

Tout écorchait cet homme. J'en étais pantois. Il m'irritait aussi. Jeune et beau, manifestement intelligent, qu'avait-il à réclamer un monde pur et sans tache ? Si j'avais été à sa place — et aussi beau que lui —, j'aurais embrassé le monde de tout mon corps. J'aurais rêvé et souffert. J'aurais vécu. Mais il ne faisait que brailler, tout le temps.

Sauf qu'un monde simplement maléfique ne mène nulle part. Si on n'y voit que le Mal, le monde devient une chose inerte, éternellement maléfique, où l'espoir est impossible, alors que moi, pour appâter cet homme, j'avais besoin d'un monde où l'espoir est possible. Il me fallait changer sa vision...

Après un temps, je me mis donc à évoquer l'enfance, l'innocence, l'amour, le pardon et les choses qui vous font tendre l'autre joue. Ces choses existent. Il suffit de savoir regarder pour les apercevoir. Isolé sur la banquette du fond, l'homme me parlait de génocide. En réponse, j'attirais son attention sur l'amour des mères pour leurs enfants. Il ne s'agissait pas de tempérer son dégoût, au contraire, mais simplement d'exciter sa curiosité. Car un monde où se côtoient la grâce et l'horreur pose de graves questions, devient extrêmement complexe, insupportable même. Il n'y a pas de réponse, voilà tout...

Cependant, tout mon plan reposait sur le pari que lui, idiot, réclamerait des réponses ; et que moi, assassin, lui en donnerais.

Au début, il se rebiffait chaque fois que j'évoquais un peu de grandeur d'âme, un peu de charité au milieu des tueries. Il devenait cynique, balayait tout du revers de la main. Mais à force de revenir à la charge, je le sentis devenir progressivement perplexe. Il y mettait moins de fougue. Le petit degré supérieur de complexité que je faisais germer dans son esprit le forçait à nuancer son propos, mais il ne trouvait pas les mots. Pour la majorité des gens, la question finit par se poser ainsi : « Pourquoi le Mal ? » Mais dans son cas à lui, il fallait dire : « Pourquoi le Bien ? »

Il y a cent ans à peine, je lui aurais raconté que cette cohabitation du crime et de la grâce était le fruit d'un combat acharné entre le Bien et le Mal, entre Dieu et diable. Je lui aurais expliqué que le monde est une arène où les hordes de ces deux princes se disputent nos âmes, en déchirant nos cœurs. Mais cette idée n'a plus cours aujourd'hui. On parle maintenant de Dieu comme d'un principe et on doute de l'existence du diable. La manière de concilier ces deux extrêmes aujourd'hui, le goût du jour, est l'idée d'un balancier, d'un pendule. On parle d'une humanité qui tend sans cesse vers un extrême, puis vers l'autre, sous l'effet d'une force mystérieuse mais propre à elle. Le monde chemine ainsi vers l'avant et vers le haut, en tournant sur lui-même, autonome, sur une poussée dialectique. Avec plein de bruit et de fracas, je faisais osciller l'humanité entre la guerre et la paix, le dogme et l'inspiration, la haine et l'amour, les ténèbres et la lumière, la démence et l'esprit, le vil et le sublime, tel un pendule, sous les yeux de ma proie.

Une hypnose.

Le monde est d'ailleurs bourré de cycles : les jours, les saisons, la révolution des planètes ; un petit effort suffit à réduire l'humanité entière à ce principe. En fait, il n'y a qu'à y croire.

Rapidement, ce mécanisme rudimentaire, ce va-et-vient cyclique, tout simple, tout bête, cette idée grotesque donna à mon élève l'impression d'avoir percé le secret des choses. L'humanité si tragique hier n'était plus aujourd'hui qu'une chose objective, qu'un objet soumis à des lois inflexibles, comme le reste de la matière.

L'homme avalait tout, vorace, séduit.

Malgré tout, un univers purement mécanique ne m'était pas d'un grand secours. Certes, ce concept avait saisi l'imagination de mon disciple, mais le monde s'en trouvait réduit à une chose qui continue, encore et encore, sans autre raison que de continuer toujours. Pour garder ma victime en haleine, j'avais besoin d'un pivot sur lequel tout pouvait basculer, à tout moment. Une intention. Une préméditation. Un plan. Un étalon auquel on pouvait mesurer les choses. En un mot : Dieu… Car sans Dieu, nul ne peut prétendre honnêtement que le monde, à quelque moment que ce soit, est autre chose qu'exactement ce qu'il doit être. S'il est mû par ses propres forces, où donc devrait-il être, sinon là où il se trouve? Vraiment, pour détester le monde, pour en désespérer, Dieu est absolument obligatoire.

Il était nécessaire à ma cause; j'y mis toutes mes énergies... Quelque part en dehors de l'espace et du temps, Il flottait au-dessus d'une mer de cristal, assis sur un trône de jaspe et de sardoine, entouré d'un arc-en-ciel d'émeraude, devant sept lampes ardentes. Autour de Lui, assis sur vingt-quatre trônes plus petits, vingt-quatre vieillards vêtus de blanc et couronnés d'or proclamaient leur adoration depuis toujours et pour l'éternité. Un peu plus loin, à la limite du Divin, là où l'espace et le temps prennent forme et s'organisent, quatre êtres vivants avec des yeux partout, derrière comme devant, le premier vaguement lion, les autres à peu près veau, homme et aigle, criaient sur l'univers entier jour et nuit, à travers le fracas de la foudre et des éclairs : «Saint, saint, saint est le Seigneur Dieu, le Tout-Puissant, qui était, qui est et qui vient!» Et par ce cri, comme une onde qui se propage, tout était réglé et régenté par Sa Grâce...

Lui...

Comme au centre d'une toile qui tremble...

Dans sa main droite, au lieu d'un livre scellé de sept sceaux, se trouvait simplement un pendule. Et Dieu, un peu avachi sur son siège céleste, la face enfouie au creux de sa main gauche, posait un œil las sur ce pendule qui oscillait au bout d'une corde entre deux de ses doigts. En y regardant de plus près, on pouvait voir la corde glisser lentement à chaque oscillation. À chaque moment, le pendule menaçait de tomber de la main du Divin; et, privées d'un ancrage au bout duquel osciller, toutes les forces qui font bouger l'humanité allaient se déchaîner en même temps. La guerre, la paix, le dogme, l'inspiration, la haine, l'amour, les ténèbres, la lumière, la démence, l'esprit, le vil, le sublime, au lieu de se passer tour à tour la domination du monde et de nos esprits, allaient subitement se la disputer, face à face dans un gigantesque combat. Les gens, déchirés, deviendraient fous et courraient dans les rues en incendiant tout sur leur passage; les femmes jetteraient leurs enfants dans les flammes; les prêtres s'empaleraient sur les crucifix. La nature même allait subir le choc de cet affrontement : les marées, déchaînées, avaleraient les côtes ; les volcans cracheraient leur lave sur des villes entières ; la terre tremblerait jusqu'à déchirer son écorce comme du papier ; et la planète, difforme, se décrocherait finalement de son orbite.

La fin...

La fin du monde est proche...

J'avoue que je m'amusais. Parfois, en revenant du casse-croûte, j'éclatais de rire si fort que je devais m'appuyer sur un lampadaire pour reprendre mon souffle. Le pauvre ! Il s'accrochait à la corde que je comptais utiliser pour le pendre.

La bêtise est insondable.

Mes balivernes apocalyptiques avaient par contre le meilleur effet sur lui. Il s'habillait plus proprement, se brossait les dents régulièrement et affichait de façon générale un meilleur respect de sa petite personne. Peut-être que, d'être ainsi initié à un savoir secret, il se sentait valorisé ? C'était chaque fois comme si j'ouvrais pour lui le grimoire ancien et poussiéreux d'une kabbale oubliée. On aurait dit un enfant et un conte de fées.

Ne me restait plus qu'une dernière manœuvre à faire pour aiguiller le destin de cet homme vers un suicide rédempteur. Maintenant qu'il était convaincu que la fin était proche, il me fallait lui faire bien comprendre que seuls les Élus seraient sauvés.

Qui sont les Élus ? Voilà la question. Voilà l'appât en fait...

Qui sont les Élus ? Mais ceux qui souffrent, bien sûr, ceux qui souffrent le plus. C'est le signe, en réalité. C'est la marque de Dieu. Et si le pendule glissait d'entre les doigts de Dieu, c'était pour libérer les Élus de leurs souffrances. J'entrepris donc d'expliquer à mon disciple que l'univers entier procédait de Dieu : planètes, étoiles, cosmos et tout ; et l'homme aussi, fait à Son image. Au début, au tendre temps de l'Éden, toute la création empestait la divinité comme une putain le gel lubrifiant. Adam et Ève en particulier. Mais, de génération en génération, ce résidu d'étoile, ce soupir de Dieu au cœur des hommes s'étaient dilués. Car le sublime est une ressource finie, et plus il y a d'hommes sur terre pour la partager, plus la part de chacun est diminuée. À mesure que le nombre des hommes avait crû au fil des âges, leurs âmes s'étaient donc faites plus petites.

Jusqu'à tout récemment, il y avait eu assez de sublime sur terre pour accommoder tous et chacun. Chaque homme avait un peu de Dieu en lui, par degré différent, selon qu'il était pape ou roturier. Mais l'explosion démographique du dernier siècle fut telle que des générations entières d'hommes durent naître sans substance céleste, sans âme. Des bêtes. Et toutes ces créatures grouillantes, n'ayant d'humain que l'apparence, étaient responsables du monde si cruel dans lequel nous vivions. Une jungle. Un échec lamentable. Un crachat à la face de Dieu. C'est ce surplus de matière brute qui pesait mainte-nant sur le pendule et le faisait glisser d'entre les doigts du Créateur.

Pourtant, toute la substance divine présente au premier jour de la création était restée sur terre. Rien ne se perd, rien ne se crée. Elle s'était tout simplement regroupée au cœur d'un nombre très limité d'hommes : les Élus. C'est pourquoi les Élus souffraient. Tous imprégnés de la substance même du Divin, ils se trouvaient au monde comme des condamnés que l'on traîne au supplice, ahuris d'innocence. Leurs vies étaient invariablement un enfer.

Pour les autres, il n'y avait aucun espoir. Ceux qui prospé-raient en ce monde, ceux à qui tout réussissait étaient perdus à jamais. Les riches, les nantis, les justes, les tout-contents-d'eux-mêmes, les fiers-à-bras-du-mérite, les héros-de-l'effort-récompensé et les certains-de-tout n'étaient que des bêtes sans âme que Dieu se préparait à abandonner bientôt.

Demain peut-être…

Les Élus souffrent, c'est le premier signe…

Toute cette histoire ne tenait pas debout, je sais. Mais cette bouffonnerie faisait l'effet d'une science à mon Élu. Il y voyait une série de petites équations simples à résoudre qui lui permettaient de saisir et de comprendre la finalité des choses comme dans un déclic. Et lorsque le ciment de cette saloperie dogmatique fut bien pris, il entreprit de m'ouvrir son cœur et de me raconter sans pudeur les humiliations qu'il avait subies tout au long de sa triste vie. Comme il souffrait, le pauvre! Ô comme le monde avait été cruel avec lui! Depuis sa plus tendre enfance les gens le battaient, l'humiliaient, le torturaient et le bafouaient sans répit. Sûrement que Dieu l'habitait plus généreusement que les autres. Sûrement, puisqu'il souffrait tant.

Ce fut une véritable transfiguration. Fini le dégoût. Finie la révolte. Finis les discours. Il était désormais tout recroquevillé sur lui-même, à mes pieds, à susurrer d'interminables confessions.

Il était mûr…

Le temps arrivait donc de lui annoncer la grande nouvelle, de lui dire enfin sa vraie nature, sa communion secrète avec Dieu. Enfant chéri. Prodige divin. Angélique créature. Et j'allais y mettre le paquet aussi, comme suit:

«Veux-tu dans la lumière inconcevable et pure,
Ouvrir tes yeux par les ténèbres appesantis?
Le veux-tu?
Réponds!
Oui, criai-je.
Alors, d'un pan de son voile tous les objets terrestres disparus,
Il me toucha le front du doigt, et je mourus.»

(C'est du Hugo. B+. Mais ça marche ! Grandes pompes !)

Et puis, évidemment, après un moment d'émotion : une main sur l'épaule… un mot d'admiration… une larme peut-être, si j'en trouvais la force… et un gobelet de jus mêlé à un poison. Dieu te rappelle à lui, demain le monde ne sera plus. Fini.

F-i, fi, n-i, ni : FINI !

J'allais peut-être devoir lui pousser un peu dans le dos, le droguer légèrement même, mais cet homme allait se suicider à mon commandement, cela ne faisait pour moi aucun doute.

Cependant, quelques jours à peine avant que je lui serve le grand jeu, ce crétin arriva au casse-croûte en compagnie d'une autre épave, d'un ahuri peut-être encore plus mal en point que lui. Il l'avait trouvé je ne sais où, dans une ruelle du centre-ville peut-être, couché sous des sacs à ordures probablement. L'ahuri puait comme un bouc. Je compris rapidement que, semaine après semaine, au terme de mes rencontres avec lui, mon disciple s'était promené de par la ville en répétant tout ce que je lui disais. Il avait traîné près des soupes populaires et des refuges pour crier : « La fin du monde est proche » et « Seuls les Élus seront sauvés », imperméable aux ricanements que ses déclamations provoquaient. On l'avait montré du doigt et insulté, injurié et bousculé, mais il avait persévéré comme un jésuite en Amérique. Finalement, il s'en était trouvé un, un Élu, et il le menait à moi.

Sombre crétin !

Il était tout fier de son travail. Vraiment ! Il recrachait toutes mes sornettes, pêle-mêle, un peu n'importe comment, et même dans le pire désordre, ces idioties faisaient de l'effet. Tellement que la nouvelle recrue, après tout juste quelques rencontres, passa à l'aveu complet des humiliations dont il avait été victime, et des bassesses dont il était coupable.

Un autre de sauvé !

À vomir !

Et ces saloperies tissaient un lien plus fort que le sang entre ces deux hommes. Ils ne se lâchaient plus.

Bien sûr, j'aurais dû prévoir la chose... Au bout d'une semaine à peine, les deux Élus, dont l'union faisait la force, m'arrivèrent avec quatre autres recrues. Et ces six ahuris, en quelques jours, en recrutèrent dix. J'en avais maintenant seize sur les bras.

Ô comme ils souffraient !

Ô comme ils étaient sauvés, tous !

Cette fratrie d'imbéciles se donnait rendez-vous au casse-croûte tous les jours. La clientèle n'eut d'autre choix que de fuir devant cette offensive avant même que je puisse tenter quoi que ce soit. J'avais lamentablement échoué. Mon tombeau était définitivement saccagé. Et la rumeur du monde des vivants, par l'entremise de cette meute d'illuminés, me réveillait de parmi les morts où je m'étais douillettement installé.

Ne me restait plus qu'à fuir moi aussi. Abandonner le navire.

J'étais assis sur la banquette du fond, plus déprimé que jamais. Les disciples, groupés autour de mon Élu, murmuraient entre eux et me regardaient en coin, émus. Après un soupir, je me levai enfin, déterminé à les quitter pour toujours. Mais, incroyable miracle, je me vis marcher lentement vers eux.

Mon empreinte, restée sur la banquette, complètement détachée de nouveau, libérée du corps, observait comme à travers un miroir dépoli ma carcasse qui prenait place parmi eux...

Ils souriaient, bienheureux. Ils me touchaient les épaules, les mains et les pieds comme une statue investie de pouvoirs curatifs. Et moi, parfaitement indifférent encore une fois, je ne ressentais plus ni dégoût, ni haine, ni rien du tout...

Ces seize moins que rien exsudaient à eux seuls autant de servitude qu'une cathédrale, un dimanche de Pâques, aux temps du latin.

Et ils étaient à moi.

Tous.

À moi seul...

« Le vingt et unième siècle sera spirituel, ou ne sera pas », lançai-je (c'est Malraux qui l'a dit !).

Sabine-mère, enceinte, était plus belle que d'ordinaire. Le père de Sabine passait le plus clair de son temps au lit avec elle, la tête posée sur ses seins, à caresser son ventre encore plat. Ils faisaient l'amour souvent, tous les trois.

Après quelques semaines passées dans Paris à se promener d'un hôtel à l'autre, ils décidèrent de voyager. Sabine-mère voulait voir le monde. Elle ne s'était jamais aventurée hors de son territoire auparavant.

Ils visitèrent Amsterdam, Copenhague et Stockholm, puis Berlin, Bonn et Munich. Ils firent ensuite un saut à Vienne, Berne et Milan puis une halte à Venise. Ils louèrent dans cette ville un appartement d'angle, au dernier étage d'un grand immeuble d'où on pouvait voir la cité entière depuis les deux balcons.

Sabine-mère se métamorphosait lentement. Elle n'ovulait plus. Elle ne se donnait plus. Son attention était désormais fixée sur les transformations qui faisaient gonfler ses seins, son ventre et tout son corps.

Souvent, en après-midi, elle s'installait à l'un ou l'autre des balcons et ouvrait sa robe pour exposer ses seins et son petit ventre à l'air libre. Elle fermait les yeux, faisait taire son murmure intérieur et goûtait simplement au soleil qui faisait gonfler son corps et à la brise qui glissait sur ses seins, son ventre, et entre ses jambes, avant d'aller balayer les trottoirs et les places où les gens pressés se bousculaient. Et c'était comme si le vent récoltait un pollen sur le duvet blond de sa peau pour le porter en bas aux hommes qui, en le respirant, ralentissaient un peu le pas.

Après Venise, ils visitèrent Gênes, Rome et Naples ; puis Palerme, Athènes, Istanbul, Nicosie, Damas et Bagdad. Arrivée là, Sabine-mère était si ronde, si pleine, qu'elle irradiait une aisance qui calmait jusqu'aux occupants des chambres voisines.

Le matin, très tôt, elle s'installait sur une chaise devant la fenêtre ouverte, nue. Elle cambrait le dos en jetant sa tête vers l'arrière; laissait tomber les bras sur le côté; écartait largement les jambes et soulevait son bassin en poussant avec ses talons contre les barreaux horizontaux de la chaise. Elle attendait ainsi la levée du jour. Apparaissait d'abord un carré de lumière jaune sur le mur au fond de la pièce, juste au-dessus de sa tête. Lentement, il descendait sur son visage, pour glisser ensuite le long de son cou et envelopper ses seins et réchauffer son ventre. Elle pouvait le sentir bouger comme une onde sur sa peau bronzée, comme de l'huile. C'est alors que Sabine se réveillait. Elle bougeait à l'intérieur de sa mère pour aller se plaquer de tout son long contre la paroi du ventre exposée au soleil. La respiration de Sabine-mère devenait plus profonde. La sueur perlait sur son front et les gouttes qui s'en détachaient traçaient un chemin le long de ses joues et de son cou jusque sur la saillie de ses clavicules. Il se formait là une petite mare qui débordait bientôt sur ses seins et glissait dans son dos jusqu'entre ses fesses. Baignée de sueur, elle dégageait une odeur de fruits mûrs et de terre mouillée qui chatouillait les narines du père de Sabine encore endormi. Puis le soleil s'engouffrait entre ses jambes, jusqu'à ses lèvres entrouvertes, écloses et humides, pour la chatouiller doucement du clitoris à l'anus. Elle le retenait là aussi longtemps qu'elle le pouvait, en balançant ses hanches vers l'avant et l'arrière, au-dessus de la chaise détrempée, secouée d'orgasmes, envahie des rires de Sabine qui résonnaient dans son ventre. Elle retombait finalement sur la chaise, épuisée, et le soleil se retirait en glissant sur l'intérieur de ses cuisses, jusqu'à ses pieds, avant de ressortir par la fenêtre comme un amant, la nuit.

Une fois dehors, il s'en allait faire sa journée et nourrir les choses fertiles avec un peu plus d'ardeur que d'ordinaire.

Les récoltes furent généreuses sur les rives de l'Euphrate et du Tigre cette année-là.

Après l'amour, Sabine-mère aimait flâner à la fenêtre de la chambre. Elle contemplait la ville d'abord, les champs plus loin, l'horizon et le ciel ensuite. Elle se sentait liée à toutes ces choses aussi intimement que si elle en avait accouché elle-même.

Le père de Sabine se réveillait habituellement après le lever du soleil. Mais il lui était arrivé d'ouvrir l'œil un peu plus tôt et de surprendre Sabine-mère en train d'embrasser le jour. Il ne laissait pas paraître sa jalousie. Sabine-mère n'était pas dupe, par contre. En compensation, elle proposa que leur voyage se terminât à Téhéran. Elle désirait accoucher dans la maison du père de Sabine, au milieu de ses choses et de son monde.

Il fut ému.

L'apparition de Sabine-mère dans les ruelles du ghetto cho- qua la population entière. À cette époque, la monarchie iranienne, comme plusieurs des républiques arabes, découra- geait le port du tchador et du voile. Mais les femmes du ghetto les portaient toujours. Elles les portaient fièrement. Elles les portaient comme leurs mères les avaient portés, ainsi que leurs grands-mères, et toutes les femmes nubiles de leur peuple depuis mille quatre cents ans, depuis toujours. La révolution blanche du shah n'y changeait rien. Les gens du peuple conti- nuaient de vivre comme on leur avait appris à vivre, et à ensei- gner à leurs enfants ce qu'on leur avait enseigné à eux. Les mères continuaient donc de confectionner de longs tchadors pour leurs filles, et beaucoup y ajoutaient le voile comme pour mieux contester les décrets du shah.

Durant le premier jour et la première nuit du séjour de Sabine-mère parmi elles, quelques femmes du bidonville se rassemblèrent pour coudre un tchador et un voile dans la meilleure étoffe qu'elles purent trouver ; elles allèrent, au matin, les déposer à la porte de leur bienfaiteur, à l'intention de sa jeune épouse.

Assise sur son lit, une main sur le ventre, le tchador étendu devant elle, Sabine-mère essayait de comprendre la confusion que ce vêtement jetait dans son esprit. Certes, toutes les femmes du monde se voilent, pensait-elle. Dès qu'une femme est nubile, elle est épiée. Et les regards qu'on pose sur elle l'écorchent souvent. Elle doit donc se protéger. Elle doit apprendre l'art amer et millénaire de se soustraire aux regards. Elle le fait en modifiant sa démarche ou le timbre de sa voix. Son visage se transforme, s'ouvre ou se ferme. Ainsi, le regard des hommes est reçu ou rejeté — interdit — aussi radicalement que par un voile.

Mais, contrairement aux autres voiles dont les femmes se parent, celui des musulmanes était un objet avec un poids et des contours. Une chose lourde, opaque, difficile à manœuvrer.

Elle se coucha sur le tchador, nue, et ramena les pans du vêtement sur son ventre. Elle se frotta contre l'étoffe en louvoyant des épaules et des fesses pour imprégner cette cuirasse de coton de son odeur, pour se l'approprier en cherchant dans ses songes une idée de son inventeur, Mahomet.

Elle se l'imaginait généreux et gai, impérieux aussi, menant une charge de cavalerie. Elle s'imaginait un homme complexe, plus grand que nature, habité de murmures et de visions, hanté par le destin d'un peuple. Elle l'aurait aimé. Car elle aimait les hommes et celui-ci avait été grand parmi eux. Sabine-mère savait mesurer les hommes. Elle en avait connu des milliers. Elle avait aimé voir leur visage se transformer sous ses baisers, sentir leur corps se décontracter, s'abandonner au va-et-vient de ses hanches. Elle avait aimé leur odeur, leur haleine et la poigne ferme de leurs mains sur ses cuisses et ses fesses. Elle avait aimé faire glisser ses doigts sur leur nuque pour guider leur visage contre son cou et entendre leurs soupirs, leurs râles, leurs gémissements. Elle avait aimé les fouiller de fond en comble, le temps d'un ébat. Dans leur ventre, là même où dans le sien bougeait un enfant, ils ne trouvaient, eux, que la peur et la faim. Du vide. Des milliards de trillions de kilomètres de vide, de silence et de froid. Et elle savait à quel point l'amour pouvait les réconforter.

Mais elle savait aussi la violence qui jaillit parfois de ces ventres vides où la mort sait amplifier son écho. Les hommes jalousent et craignent la fécondité des femmes, depuis toujours et à jamais. Et Mahomet, pensait Sabine-mère, avait compris ce secret. À une époque où on traitait les femmes comme du bétail, où les hommes pouvaient vendre et acheter leurs sœurs, les entretenir ou s'en débarrasser à leur gré, dans un monde où on mutilait les vierges et faisait danser des fillettes nues autour du ka'aba, il s'était érigé contre ces pratiques en appelant les femmes à lui, à l'islam. Il leur avait garanti des droits et avait déclaré ces droits sacrés. Il avait fait d'elles des êtres humains devant Dieu et les hommes. Il avait transformé radicalement leur condition. Il les avait libérées. Aussi radical, aussi brutal que puisse être ce vêtement, il avait été révolutionnaire et nécessaire...

Elle enfila donc le tchador, le voile, et alla marcher dans les ruelles du bidonville. Le vêtement était si ample qu'on pouvait à peine deviner qu'elle était enceinte. Anonyme au milieu des habitants du ghetto, elle se promena toute la matinée.

Les ruelles se croisaient rarement. Elles finissaient par déboucher sur une place encombrée de charrettes de commerçants, autour d'un bain public; et de là, on pouvait prendre une autre allée pour continuer son chemin. Le bruit des carrefours s'estompait dès qu'on s'engouffrait de nouveau dans une ruelle. Ne restait plus qu'un murmure, un bruit de fond. On eût dit un gargouillement de digestion; et Sabine-mère avait l'impression de marcher dans le ventre d'un petit animal qui dort.

Tous les carrefours grouillaient d'hommes et de femmes. Mais seuls les hommes flânaient. Il pouvait y en avoir deux ou trois groupes, sur les marches du bain public, au comptoir d'une échoppe ou à la porte d'une masure. Ils parlaient en gesticulant, éclataient de rire à l'occasion, invitant d'un geste du bras un autre homme à se joindre à eux.

Les femmes, elles, passaient sans dire un mot. Elles ne s'arrêtaient que pour inspecter une marchandise, en négocier rapidement le prix et conclure la transaction. Aussitôt fait, elles disparaissaient dans une ruelle. Elles ne se saluaient même pas entre elles, c'était tout juste si elles échangeaient un regard en se croisant.

Même si Sabine-mère avait su le perse, il lui aurait été impossible de lier conversation avec l'une d'entre elles. Il lui aurait fallu l'intermédiaire et la sanction d'un homme. Derrière les portes closes, elle entendait parfois s'élever une voix de femme. Elle commandait aux enfants et au mari. Il y avait des voix aiguës et d'autres graves, des voix douces ou amères, mélodieuses ou colériques. Sûrement, des milliers de voix différentes. Mais dans les ruelles, au grand jour, il n'y avait plus qu'un seul visage pour toutes ces voix. Un seul visage, un filtre unique, momifié sous un tchador.

De place en place, à travers le dédale des ruelles, ce n'était pas le voile sur son propre visage qui étouffait Sabine-mère, mais celui que portaient toutes les autres. C'était une cage aux barreaux mobiles. Que les femmes se voilent aux hommes, soit! Mais qu'elles se voilent entre elles! Depuis mille quatre cents ans que cela durait, pourquoi ne pas bander les yeux aux hommes pour un siècle ou deux? Et laisser les femmes se voir entre elles...

Fatiguée par la marche, étourdie par la colère, elle voulut rebrousser chemin. Mais les mansardes se ressemblaient trop entre elles. Elle n'y trouvait aucun repère. Elle tourna en rond pendant plus d'une heure, puis une violente contraction la surprit. Elle tituba sur quelques mètres, perdit l'équilibre et s'écrasa de tout son long au milieu d'une allée.

Le ciel était vaste et bleu au-dessus d'elle.

Quelques femmes l'entourèrent pour lui porter secours. Engourdie, elle ne percevait qu'une danse de manteaux noirs, à contre-jour sur le bleu du ciel.

«Une femme n'est pas un homme, murmura-t-elle avant de s'évanouir, et le Dieu qui nous anime ne vient pas du ciel.»

Les femmes du ghetto comprirent qui était la jeune femme étendue à leurs pieds aux quelques mots de français qu'elle avait prononcés avant de perdre connaissance. Elles la firent porter chez le père de Sabine; à la même porte où elles avaient déposé le tchador la veille. Elles comprirent aussi qu'elle allait accoucher et appelèrent une sage-femme pour l'assister.

La sage-femme arriva rapidement. Elle donna des ordres aux serviteurs de la maison et s'enferma dans la chambre avec sa patiente. Sabine-mère avait repris conscience entretemps. Elle accouchait. Des contractions de plus en plus violentes la faisaient gémir et se tordre dans son lit, à intervalles réguliers. Entre les contractions, elle marchait de long en large, d'un mur à l'autre de sa chambre, révoltée par la douleur de l'enfantement.

Révoltée.

Elle n'aurait jamais cru que les douleurs du travail pussent être si intenses. Elle marchait voûtée sur elle-même, les bras autour du ventre, en soufflant par petits coups rapides pour atténuer la douleur. Mais une autre contraction la surprenait, toujours plus violente que la précédente; et elle s'effondrait sur le lit en hurlant.

La sage-femme voulut lui porter secours, mais Sabine-mère la fit s'asseoir près de la porte, d'un geste.

Enragée, elle traîna son lit près d'une grande fenêtre et arracha les volets de leurs gonds. Un faisceau de lumière crue, comme un projecteur de théâtre, encercla le lit. Elle déchira ensuite l'épais tissu de son tchador, se coucha sur le lit, ouvrit grand ses jambes en direction de La Mecque et poussa, et poussa encore, les yeux fixés sur le ciel entre ses genoux.

Que cherchent donc les hommes au ciel?

Elle grogna, cria, cracha, pleura, hurla, les mains crispées sur les montants de son lit, les dents serrées comme un étau, en poussant des pieds contre le mur sous la fenêtre pour que s'ouvre d'entre ses jambes un passage à son enfant. C'était pire que si on lui déchirait le ventre.

Plus la douleur devenait intense, plus loin devait-elle puiser la force d'y faire face. Elle ferma les yeux et se replia en elle-même, comme au temps de ses premières ovulations.

La douleur n'était plus que des vagues en surface sur sa peau. En boule au creux de son utérus, tout près de Sabine qui s'engageait dans le col, elle inspecta le corps de son enfant, attendrie. Elle le visita de fond en comble, comme un plongeur explore un récif de corail. Elle y vit les mêmes signes aperçus dans le sien lors de ses premières ovulations ; elle y trouva aussi sa marque à elle, son empreinte indélébile gravée dans la chair de sa fille.

La sage-femme, assise au fond de la pièce, vit alors la tête de Sabine émerger du ventre de sa mère, puis une épaule, puis tout un bras. Elle remuait par spasmes et agitait son bras libre en tous sens pour chercher un appui. Elle le déposa finalement à plat sur le pubis de sa mère et poussa afin de dégager son autre bras, puis se hissa complètement hors du ventre.

La sage-femme, estomaquée, crut un moment que Sabine allait s'agripper au chambranle de la fenêtre pour se tenir debout dans le cadre et plonger en plein ciel comme dans une piscine. Mais elle tomba sur les draps, enroulée dans le cordon ombilical, apeurée et sans défense comme tous les autres enfants qu'elle avait vus naître.

Puis il y eut un silence.

Sabine-mère prit son enfant et le tendit au bout de ses bras dans la lumière du jour. Après avoir déposé un baiser sur les lèvres rouges et gonflées de son sexe, elle la baptisa « Sabine » d'une voix claire et la déposa sur ses seins. Alors Sabine cracha et se mit à crier à son tour.

Chacune son tour...

La sage-femme s'avança alors vers la mère. Elle coupa le cordon ombilical et inspecta le placenta. Satisfaite, elle releva les yeux, mais Sabine-mère était morte. Ses jambes se dérobèrent sous elle, comme sciées. La sage-femme n'avait jamais perdu de parturiente. À genoux près du lit, elle se laissa choir par terre et prit Sabine dans ses bras pour la réchauffer contre elle.

La face rouge et rabougrie, Sabine agrippa au vol un coin du voile de la sage-femme et le fit glisser par terre. La sage-femme se laissa faire. Deux grandes cicatrices traversaient le visage de l'Iranienne depuis la tempe gauche jusqu'à la clavicule droite, fendant ses lèvres de boursouflures pâles. En gigotant, Sabine fit aussi sauter la broche qui retenait les pans de son tchador, et le vêtement glissa sur le sol, formant un cercle noir autour d'elles. Ses seins, son ventre et ses cuisses étaient traversés des mêmes meurtrissures que son visage. Tout son corps était atrocement marqué.

Sabine fit courir sa bouche sur un des seins de la vieille femme, trouva le mamelon et se mit à téter. Au plus grand étonnement de la sage-femme, un lait riche et onctueux déborda à la commissure des lèvres de l'enfant ; un lait abondant qui coulait autour de son mamelon, sur son sein, son ventre, et jusqu'entre ses cuisses, le long des cicatrices.

Du lait...

L a sage-femme avait vu le jour au bord de la mer Caspienne, au tout début du siècle, dans un autre monde. Enfant du désert et d'une tribu, elle avait grandi entourée d'une trentaine de frères et sœurs et d'une brochette de mères. Au milieu des siens, elle connaissait sa place ; et les siens connaissaient ses droits. Toute leur vie était faite de ces rapports obligatoires et nécessaires qu'ils entretenaient entre eux pour leur survie. Le reste venait après. Mais il n'y avait jamais de reste. Tout était, avait toujours été et serait toujours subordonné à la survie du clan. C'était très bien ainsi. Et l'Iranienne, fillette, n'aurait pu s'imaginer un autre destin que celui tracé pour elle par Allah, le désert et la tribu.

La survie de son clan dépendait largement des étoffes et des tapis qu'ils tissaient soigneusement pendant leurs longues migrations. Trois fois par année, ils se rendaient à un marché au bord de la mer Caspienne, où ils vendaient leur production et achetaient ce que le désert ne pouvait leur donner. Lorsqu'elle fut en âge, donc, on lui apprit à tisser. Elle maîtrisa cet art en peu de temps et donna aux siens les plus belles étoffes jamais vues. Plus tard, on lui apprit aussi à danser les danses que toutes les femmes de la tribu savaient ; et à chanter les mots et les airs appris de génération en génération depuis le début du monde. Un folklore millénaire. Mais chantés et dansés par elle, ces rituels semblaient nouveaux. C'étaient pourtant les mêmes notes, les mêmes mots et les mêmes pas. Elle n'y changeait rien du tout. Mais, à la regarder, on croyait voir et entendre ces choses pour la première fois.

Elle apprit aussi à se maquiller les yeux, à préparer le riz, à se vêtir de grandes banderoles de tissu coloré et à se soumettre aux lois du Prophète telles que les aînés de sa tribu les comprenaient. Elle fit siennes toutes ces choses, obéissante.

Pourtant, rien n'arrivait à la rendre semblable à ses sœurs. Son regard envoûtait ; et le riz semblait garder l'empreinte de son odeur.

À quatorze ans, aucune étoffe, si opaque et grossière fût-elle, n'arrivait plus à cacher la maturité de son corps souple. Quand le vent, indiscret, se levait et collait ses vêtements contre sa peau pour dévoiler ses contours, tous les regards se retournaient vers elle, et on enviait le vent. Les jeunes hommes du clan se vantaient et se défiaient entre eux pour un sourire ou un regard, les aînés sentaient leur vigueur revenir lorsqu'elle passait près d'eux et les femmes du clan cachaient difficilement leur jalousie.

De temps à autre, ils rencontraient une tribu amie. Souvent, ils plantaient leurs tentes au même endroit et mangeaient ensemble jusque tard dans la nuit. Mais bien plus que les nouvelles de l'autre coin du désert et les rumeurs de Téhéran, c'était la vision de la jeune fille qui bougeait comme un serpent qui hantait le clan ami une fois remis sur son chemin. Et le bruit de son existence se répandit ainsi depuis les rives de la mer Caspienne jusqu'au golfe d'Oman.

Lorsque la rumeur voulut qu'elle fût nubile et prête à marier, les prétendants accoururent de toute part avec des bijoux, des armes et du bétail. On disait que sa virginité valait les plus belles parures d'or, le poids de dix hommes en cartouches et autant de têtes de bétail qu'une tribu nomade pouvait en entretenir. Un trésor. On venait de partout pour marchander avec le père la dot de sa fille et sa propre compensation. Et le père savait bien marchander. Il arrivait toujours à se faire promettre beaucoup plus, souvent le double, de ce qu'on était venu lui offrir. Et il travaillait fort à assurer le bonheur de sa fille en négociant avec les prétendants sa valeur en chameaux, en fusils, en bijoux, en barils d'huile et autres marchandises. Il était soucieux aussi de lui trouver un homme de cœur, un homme qui, ayant été aimé des siens, pouvait maintenant aimer en retour.

Après avoir méticuleusement questionné et évalué chacun d'eux, il présenta finalement un prétendant à sa fille. Le meilleur d'entre eux. Quoique prospère, il n'était pas le plus riche ; sans être trop remarquable, il était beau ; et même s'il ne connaissait pas les sourates du Coran par cœur, il comprenait les secrets de son peuple.

Elle le refusa sur-le-champ.

Le père fut un peu froissé. Il avait mis tant de soins à le choisir qu'il doutait de s'être trompé. Mais le Prophète enseigne que nul ne peut imposer un mari à une femme. Alors il lui en présenta un autre.

Elle le refusa aussi. Ainsi que le troisième, et le quatrième, et tous les autres qu'on lui présenta.

Le père devenait impatient. Évaluer un prétendant n'était pas une mince affaire. Il fallait le rencontrer plusieurs fois avant de se faire une idée de son caractère. Il fallait connaître la famille, l'étendue de ses biens, et peser le pour et le contre des rumeurs qui circulaient à son sujet. C'était un travail difficile, et chaque refus rendait caduques des semaines de travail. Il se fit donc plus direct à l'endroit de sa fille. Les atouts des femmes ne sont pas éternels, lui disait-il, et comme elle devait se marier un jour de toute façon, il l'implorait de faire en sorte que ce jour soit prochain. Il travaillait d'arrache-pied pour lui trouver un parti avantageux ; et elle levait le nez sur chacun d'eux. Il lui avait présenté des hommes sans violence qui la traiteraient bien, qui la prendraient comme première épouse et dont la fortune lui garantirait un confort paisible et sécurisant ; mais elle s'obstinait à les rejeter. À la fin, il la trouva ingrate. Sa mère aussi ; et toutes les femmes de la tribu, qui auraient bien voulu qu'on fasse tant d'efforts pour garantir leur bonheur, s'indignaient de son attitude et la pressaient de choisir.

Mais elle était déterminée à ne pas céder. Elle avait toujours fait tout ce qu'on avait attendu d'elle ; c'était son droit le plus inaliénable qu'on respectât ses refus. Tout ce marchandage la dégoûtait ; et qu'importe la surenchère dont sa dot faisait l'objet, elle ne céderait pas. Si on l'avait laissée s'offrir tout simplement à quelqu'un qui lui plaisait, elle aurait pu goûter, elle aussi, aux plaisirs du couple, et non simplement les servir. Mais on lui refusait cette liberté. Ce n'était pas un refus effectif, mais toute cette agitation autour d'elle empiétait sur sa liberté de choisir et la diminuait. Elle comprenait l'amour que son père investissait dans ses démarches ; mais lui ne comprenait pas que ce marchandage la violait. Il ne comprendrait jamais. Il allait lui présenter prétendant après prétendant, jusqu'à ce qu'elle accepte d'épouser l'un d'eux.

Alors, un soir, elle brûla les tissus colorés dont elle s'était toujours vêtue et se confectionna un large tchador noir ainsi qu'un voile, comme ceux des femmes de la ville, en se jurant de les porter à jamais. Elle ne danserait plus. Elle ne chanterait plus. Elle devait obéissance à son père, certes, mais lui devait obéissance à Allah, et c'est à Allah qu'elle se soumettait en portant le tchador.

Elle s'était alliée à plus fort que lui...

Son père devint fou de rage. Quelle arrogance ! On ne portait pas le voile dans la tribu, seules les femmes du Prophète l'avaient porté. On ne portait pas le vêtement noir non plus, seules les chiites de la ville le portaient. Il lui cria au visage qu'elle était insolente et têtue ; qu'elle trahissait la tribu qui l'avait nourrie et protégée depuis sa naissance ; qu'elle méritait d'être punie de son insolence.

Bien pire que de susciter le courroux de son père, son attitude divisa le clan en deux. Il y avait ceux qui voulaient bien qu'elle se soumette à Allah, mais de là à défier le clan ! Et les autres qui disaient d'elle qu'en plus d'être belle, elle était sainte. En fait, on ne parlait plus que de cela, et on parlait de plus en plus fort, les poings fermés, à portée du couteau.

Les gens travaillaient mal. Ils se disputaient à propos de rien, s'injuriaient pour un oui ou pour un non. Un tel refusait de marcher près de tel autre ou de prendre une charge supplémentaire sur son mulet. On se querellait à propos du moment des haltes, de l'endroit où on devait planter les tentes, du partage des corvées. Quand un ordre était donné à la tête du convoi, on ne pouvait plus garantir qu'il se rendrait jusqu'à la queue, tellement le fil qui unissait chacun aux autres devenait ténu. C'était tout le clan qui courait à sa perte, menacé de dissolution. Et sans le clan, aucun de ses membres n'aurait su survivre.

Personne ne pouvait forcer la jeune fille à se marier, sur ce point elle avait raison. Mais rien ne les obligeait à la garder parmi eux. On pouvait l'expulser. Devant le trouble de la tribu entière, le sacrifice d'un d'entre eux n'était pas seulement raisonnable, mais sage. Les aînés firent donc savoir au père que si sa fille n'était pas mariée avant la prochaine halte au marché de la mer Caspienne, elle serait chassée. L'ultimatum, par sa gravité, coupa court aux dissensions, et tous se rallièrent aux aînés. C'était la seule solution pour rétablir une paix qui avait naturellement préséance sur le bonheur personnel de la jeune fille.

La mort dans l'âme, le père organisa donc l'union de sa fille avec un prospère marchand qui manifestait son intérêt pour elle depuis longtemps. Il ne négocia pas de dot, ne demanda rien ni pour lui ni pour la tribu. Il n'y avait plus de fierté dans ce mariage, ni de prospérité, ni de promesse de fécondité. Il n'y aurait donc pas de cérémonie, ni de banquet, ni de noce, ni de joie. En fait, il n'était même pas assuré qu'il y aurait un mariage; et le riche marchand en était averti.

Arrivé au marché de la mer Caspienne, là même où elle était née, on la remit entre les mains des serviteurs de son prétendant. Elle pouvait refuser ce mariage si elle le voulait, et se débrouiller seule par la suite si elle le pouvait. Elle ne faisait plus partie de la tribu qui l'avait nourrie et qu'elle avait servie toute sa vie.

C'était son choix.

C'était son droit.

Elle fut conduite dans une petite maison en plein cœur de Téhéran. On avait prévu, à son intention, des fleurs fraîchement coupées dans chaque pièce, des fruits et des friandises sur les tables basses. Les tapis moelleux se mariaient aux tapisseries sur les murs. Les placards, remplis de vêtements, de souliers et d'accessoires, débordaient de luxe. Le lit, grand et douillet, invitait au sommeil. Les fenêtres recevaient du soleil.

C'était une prison.

À peine arrivée, elle se plaça devant la porte pour attendre son prétendant, debout. Elle voulait être debout lorsqu'il arriverait. Elle entendait négocier les termes de sa liberté avec cet inconnu. Elle était prête à le servir et à travailler pour lui avec cœur, en tant qu'employée. Elle ne refuserait aucune tâche et se contenterait d'une rémunération modeste. Mais elle ne l'épouserait jamais. Personne ne pouvait l'y contraindre. Elle attendit ainsi de longues heures, en révisant son discours à voix basse. Mais l'homme ne vint pas. Elle s'accroupit finalement dans un coin et, au bout d'un moment, s'endormit.

Le lendemain, elle reprit place devant la porte. Le surlendemain, et la journée d'ensuite aussi. On lui apportait des fleurs, de la nourriture et des friandises, mais son prétendant ne se montrait pas. Peut-être avait-il quitté la ville pour un voyage imprévu et important? Peut-être avait-il changé ses projets envers elle? Peut-être était-il timide? Elle n'osait questionner son gardien ni les serviteurs qui lui apportaient sa nourriture, de peur de paraître impatiente et de donner à croire au marchand qu'elle le désirait. Mais son idée était faite: elle resterait plantée devant la porte pour le reste de sa vie s'il le fallait, mais cet homme la verrait debout, s'il daignait jamais venir la voir.

En vérité, le marchand n'aimait pas les femmes. Il vivait entouré d'une cohorte de très jeunes garçons qui s'occupaient de sa maison, de sa boutique et de ses désirs, quand le désir le prenait. S'il avait besoin de femmes, c'était que le secret de sa prospérité résidait tout entier dans son hospitalité. Il savait organiser pour ses clients importants des festins dignes des contes des mille et une nuits. Il les recevait avec une petite armée de serviteurs, de musiciens, de danseurs et danseuses. Et le client, affalé sur d'énormes coussins, pouvait se rassasier de viande, d'opium, de vin et des délices que les danseuses ou les danseurs pouvaient lui inspirer, selon ses penchants, jusqu'à ce qu'il ait conclu les affaires pour lesquelles il s'était déplacé. L'orgie exotique était sa marque de commerce et il investissait beaucoup de temps et d'argent dans le raffinement des plaisirs de sa table et de ses alcôves. Le jour où il avait aperçu la jeune nomade au marché de la mer Caspienne, le projet d'en meubler immédiatement sa meilleure chambre d'invité s'était imposé. La beauté, la grâce et l'innocence qu'irradiait la jeune fille suffiraient, s'était-il dit, à faire revenir tous ses clients hétérosexuels.

Il n'avait pas cru sa chance lorsqu'elle lui avait été offerte.

Il s'y prenait avec elle comme avec toutes les autres. Il suffisait de lui montrer la douce vie qu'il était en mesure de lui offrir pour que tôt ou tard elle accepte de rendre les services qu'il demandait d'elle en retour. De toute façon, les femmes qui finissaient entre ses mains avaient été condamnées à la rue, pour une raison ou une autre. Quel choix avaient-elles au fond ? Et s'il les traitait si bien, c'est qu'il était juste. Il voulait qu'elles restent belles aussi, joyeuses si possible, le temps que ses clients s'en lassent. Après, il restait toujours les cuisines ou la boutique. Une fois sous sa garde, il ne les laissait jamais tomber. Il s'en faisait un point d'honneur. Pour l'instant, il lui suffisait d'attendre. Le temps jouait pour lui. Qu'elle respire un peu les fleurs fraîches, qu'elle goûte aux friandises, qu'elle tâte les tapisseries, essaie les vêtements et dorme dans le lit, bientôt, il lui laisserait savoir le prix de toutes ces choses. C'était un marché honnête.

Il attendit donc un temps.

Mais la jeune nomade mangeait très peu, dormait par terre et passait ses journées à l'attendre debout devant la porte. Si elle tardait à prendre goût au luxe qu'on lui offrait, le marchand par contre avait ses échéances ; et le jour vint où il ordonna à un des gardiens de séduire la jeune fille s'il le pouvait, de la violer s'il le fallait, mais de lui faire comprendre d'une façon ou d'une autre ce qui était attendu d'elle. Il ne doutait pas qu'elle fût encore vierge et il aurait aimé faire cadeau de cette virginité à un de ses meilleurs clients ; mais il ne pouvait prendre le risque qu'elle se refuse et fasse des difficultés. Il fallait donc la mettre au pas.

Le gardien qui fut chargé de cette mission était une brute insensible qui voyait chez les femmes des créatures de luxure et de vice que les hommes devaient dominer et discipliner. Il ne doutait pas un instant que celle-ci, comme toutes les autres, passait ses nuits à se contempler dans un miroir et à rire des hommes que sa beauté faisait ramper, vaincus et humiliés. Les femmes sont sales…

Il entra chez elle décidé.

En apercevant le visage de son gardien ce jour-là, la jeune nomade comprit qu'elle était en danger. Elle aurait voulu dire quelque chose, mais quoi ? Toute cette haine, devinée en un regard, la clouait sur place. Et tout sacré que fût son tchador, elle savait qu'il ne la protégerait pas de cet homme.

La première gifle la souleva de terre. L'impact fut si violent que son corps était déjà tout engourdi avant de retomber sur le sol. Il se jeta sur elle sauvagement en lui écartant les jambes si brusquement qu'elle crut sentir ses hanches se disloquer. C'était comme ces cauchemars où elle courait sans avancer, où elle frappait sans que ses coups portent, où elle criait sans émettre de son. Elle se débattait comme elle pouvait, mais son gardien continuait de la violer en lui criant des injures. Épuisée, elle chercha à reprendre pied, à maîtriser l'horreur qui l'envahissait. Elle s'appliqua à respirer profondément et à se concentrer sur sa respiration. Progressivement, elle n'entendit plus les injures de son agresseur ni sa salive lui tomber sur le visage. Le coup qu'elle recevait à chaque pénétration envoyait sa tête frapper contre le mur ; mais elle ne

sentait plus le choc de l'impact, seulement un bruit sourd qui
résonnait à travers son corps, comme un tambour... un grand
tambour... qui résonnait... de plus en plus loin... coup après
coup... en s'estompant...

Elle perdit enfin connaissance.

Le gardien, indifférent, continua sa besogne.

Il la viola ainsi tous les jours ; et la jeune fille criait, frappait, griffait, mordait, crachait, pleurait et se débattait jusqu'à
l'épuisement. Puis, vaincue, elle serrait les poings et les dents
jusqu'à ce qu'il eût fini sa tâche. Jour après jour. Le gardien ne
montrait aucun remords. C'était le juste châtiment de l'insolence de sa beauté.

Ce manège dura des semaines.

Jour après jour le gardien retournait devant son maître
couvert d'ecchymoses et d'égratignures pour faire son rapport
sur les dispositions de la jeune fille. Le marchand le questionnait longuement. Portait-elle toujours le tchador ? Avait-elle
essayé de marchander avec lui ? Avait-elle offert son consentement contre une faveur quelconque, n'importe quoi ; un petit
quelque chose sur quoi bâtir ? Mais le gardien était forcé de
répondre non à toutes les questions qu'on lui posait.

Le marchand perdit patience. Il avait transformé plus
d'une femme en putain docile ; ses alcôves en étaient remplies. Pourquoi celle-ci résistait-elle tant ? Il décida d'intervenir personnellement, chose qu'il ne faisait jamais.

En entrant dans la maison, il la trouva debout. Dès qu'elle
l'aperçut, elle comprit qui il était. Elle pencha respectueuse-
ment la tête et attendit que l'homme se fût assis avant de
s'asseoir à son tour. Alors, d'une voix contrôlée, elle raconta
sans détail les sévices que son gardien lui avait fait subir. Elle
ne réclamait pas de châtiment pour lui, seulement la paix
pour elle-même. En conclusion, elle lui offrit ses services en
tant qu'employée, s'il voulait encore d'elle.

Elle croyait son calvaire terminé.

Le marchand l'écouta sans intervenir, presque touché par
la naïveté de la jeune fille, puis, froidement, il lui expliqua
qu'il avait lui-même ordonné ces viols et lui exposa en détail

les fonctions pour lesquelles il accepterait de l'employer, puisqu'elle tenait tant à travailler pour lui. Il insista sur les avantages supplémentaires qu'elle pourrait facilement soutirer aux hommes riches qu'il allait lui faire rencontrer et lui garantit que, d'ici à ce que ses beautés se fanent, elle amasserait une fortune capable de la soutenir dans un luxe oisif jusqu'à la fin de ses jours. Si elle refusait, c'était la rue.

Il se retira et la laissa seule pour réfléchir à l'ultimatum.

La jeune Iranienne crut perdre l'esprit. La rage lui tordait les viscères, ses larmes lui brûlaient les yeux comme un acide. Les poings enfouis dans la bouche pour faire taire ses cris, elle se mit à marcher en rond au centre de la pièce, en cercles de plus en plus petits. Elle devenait folle. Elle aurait voulu courir et courir jusqu'à en perdre haleine ; mais des murs la cernaient de toute part. Alors elle tournait en rond, en émettant un petit cri sifflant et hystérique. Toujours en rond. Toujours plus vite. Bientôt, ce fut comme si c'était la pièce qui tournait autour d'elle. Les couleurs, les sons, l'ombre et la lumière se fondaient les uns dans les autres. Les choses perdaient leur contour. Tous les sens s'effondraient pour n'en former qu'un seul. «La mort», pensa-t-elle... Elle tomba finalement à genoux et vomit tout ce qu'elle avait dans le ventre ; et resta ainsi couchée par terre, immobile, des heures durant, vidée.

Couchée sur le dos, au milieu de la pièce, elle revoyait sa vie, les yeux secs. Elle détestait sa vie. Elle détestait ce corps pour lequel les hommes la torturaient. Eût-elle été laide, elle aurait vécu en paix. Ce corps, la beauté de ce corps, était son calvaire. Elle se traîna jusqu'à la pièce voisine où un grand miroir, prévu pour elle, ornait le mur du fond. Elle se déshabilla en s'examinant avec dégoût, comme un bossu voit sa bosse. Ce visage, ces seins, ce ventre, ces hanches et ces jambes ne lui appartenaient pas ; c'étaient des choses publiques que les hommes se disputaient entre eux et pour lesquelles elle avait été bannie et violée. Tout le mal était là. Alors, lucide comme le froid, elle brisa le miroir d'un coup de poing, ramassa un éclat tranchant et, sans gémir, se déchira le visage, les seins, le ventre et les cuisses.

Elle avait perdu beaucoup de sang lorsque son gardien la découvrit. Il l'enroula dans son tchador et la transporta sur son dos jusqu'à la maison du marchand. Le marchand constata les blessures et, après un court sermon sur l'ingratitude à l'intention de ses serviteurs, ordonna qu'on abandonne la jeune fille à la rue.

Mais les deux jeunes hommes chargés de cette mission furent incapables de s'y résoudre. Ils la laissèrent plutôt à la porte d'un mollah, dont la réputation leur permettait d'espérer qu'elle serait accueillie et soignée.

Lorsque la jeune Iranienne reprit conscience, elle aperçut à travers un brouillard deux yeux noirs et fixes, comme des pierres montées sur un masque de cuivre. « Allah », pensa-t-elle ; et elle crut pour un moment qu'il allait lui présenter des excuses. Mais le visage se retira et deux femmes s'approchèrent d'elle.

Elle vivait.

Les deux femmes du mollah prirent soin des blessures de la jeune fille. Les lacérations sur son corps et son visage étaient profondes, mais si on évitait l'infection, sa vie ne serait pas en danger. Ses blessures guérirent donc ; et elle fut rapidement remise sur pied. On l'interrogea longuement et à plusieurs reprises, mais elle ne répondit que vaguement aux questions des deux femmes. Elle disait ne rien connaître de ses parents ni de ses origines, et prétendait n'avoir aucun souvenir de ses agresseurs, sinon les cicatrices qui la défiguraient. Sauf durant ces interrogatoires, elle ne parlait pas.

Touchées par l'infortune de la jeune fille, les femmes du mollah plaidèrent sa cause auprès de leur mari. Ce n'était pas le travail qui manquait dans cette maison, et elles obtinrent pour elle le gîte et la nourriture contre la responsabilité de quelques tâches.

La jeune nomade s'installa parmi eux. Mais le temps n'arrangeait rien à son affaire. Elle restait muette, mangeait peu et se retirait dans son coin, seule, dès que les tâches dont elle avait la charge étaient accomplies. Quand elle se retirait ainsi, il fallait la toucher, la secouer un peu pour capter son attention et lui parler. Alors elle regardait son interlocuteur un instant, les yeux vides, avant de glisser de nouveau dans la torpeur, incapable de fixer son attention. Le soir, souvent, on l'entendait gémir et pleurer dans son sommeil.

Des mois passèrent...

Puis la deuxième femme du mollah tomba enceinte. C'était une grossesse difficile et, quand elle fut avancée, la femme dut abandonner la plupart de ses activités et rester à la maison. C'est alors qu'elle se mit en tête d'apprivoiser la jeune fille. En prétextant toutes sortes de menus travaux, elle s'arrangeait pour passer le plus de temps possible avec elle. Elle lui racontait l'histoire de sa famille et voulut l'initier à la lecture et à l'écriture. Mais rien ne retenait l'attention de la jeune nomade.

Elle était morte.

Puis un jour qu'elles travaillaient au jardin, le bébé de la deuxième épouse se mit à faire une gymnastique si élaborée, en s'appuyant sur les viscères de la pauvre femme, que celle-ci dut s'asseoir le temps qu'il se fatigue. La jeune fille s'inquiéta de son malaise, mais la deuxième épouse, le souffle coupé, ouvrit les pans de son tchador pour lui montrer son ventre rond et lui signifier que tout allait bien. Ce fut pour la nomade un spectacle étourdissant. Elle regardait le ventre de la deuxième épouse atrocement déformé par les poings et les pieds de l'enfant, en touchant le sien du bout des doigts, horrifiée. À chaque instant, une bosse se formait à la surface du ventre et glissait d'un flanc à l'autre en poussant contre la peau jusqu'à la rendre translucide. Elle devenait blanche juste à imaginer la douleur que devait endurer la mère. Mais lorsqu'elle regardait son visage, au lieu du rictus d'agonie qu'elle s'attendait d'y voir, il n'y avait, mêlée à la fatigue, qu'une joie étrange qu'elle ne comprenait pas.

La nomade s'approcha et déposa les mains à plat sur le ventre de sa maîtresse. L'enfant arrêta subitement de bouger et vint placer ses pieds exactement à l'endroit où la jeune fille avait posé ses mains. Puis plus personne ne bougea pour un moment, le temps que passe la surprise. Alors la nomade déplaça lentement ses mains vers le bas. L'enfant bougea avec elle. Elle écarta les doigts et fit légèrement pression ici avec l'index, là avec le pouce ; et l'enfant poussa à cet endroit avec le poing et à l'autre avec le pied. La jeune fille changea de position, et l'enfant, la devançant presque, poussa de ses quatre membres exactement aux endroits où les doigts de la jeune fille faisaient pression.

Elle dansait avec lui...

Au terme de ces jeux, l'enfant alla se plaquer de tout son long contre la paroi intérieure du ventre de sa mère, contre les mains ouvertes de la nomade, pour se réchauffer au creux de ses paumes avant de s'endormir.

La lumière du midi baignait le jardin.

L'odeur humide de la terre fertile embaumait l'air.

La nomade éclata d'un rire sonore et clair...

Une sage-femme fut appelée le jour où la deuxième épouse du mollah accoucha. Mais quand elle arriva au logis, l'enfant reposait déjà dans les bras de sa mère. La jeune nomade, d'instinct, avait su quoi faire ; et elle l'avait fait avec tant de calme et de maîtrise que la mère, à qui on avait prévu un accouchement extrêmement difficile, se sentit la force de marcher une heure à peine après l'enfantement.

La rumeur de cet accouchement se répandit rapidement et la jeune nomade devint la sage-femme la plus courue de Téhéran. En sa présence, les femmes oubliaient leurs peurs. Dans un pays et à une époque où l'enfantement tuait beaucoup, aucune mère, aucun enfant ne mourut jamais entre ses mains.

Jamais...

L a sage-femme habita longtemps chez le mollah. Elle avait sa place chez lui, ses quartiers privés et son temps. En retour, elle acceptait de se soumettre aux règles de la maison et de l'islam.

Le mollah, maître des lieux, recevait beaucoup. Les années et les circonstances l'avaient placé au centre de la résistance ouverte qu'opposaient tous les groupes religieux d'Iran au programme de réformes qu'imposait la monarchie. Le gouvernement le traitait en agitateur. Ses faits et gestes étaient surveillés par la police. Cela ne l'empêchait pas de prêcher contre le shah avec énergie. Il criait que la dynastie Pahlavi avait trahi l'Iran; qu'elle l'avait défiguré, sali et violé avec ses politiques de modernisation, de sécularisation et d'occidentalisation. Elle l'avait vendu à la pièce à des étrangers qui ne respectaient ni son histoire, ni sa culture, ni sa religion. «L'humiliation a assez duré, hurlait-il du haut des minarets, la monarchie doit tomber.»

Au fil des années, la jeune nomade eut donc le loisir d'apprendre l'histoire de son peuple et celle de l'Occident, par le biais des conversations qu'elle s'appliquait à écouter lorsqu'on se réunissait autour du mollah.

Or, l'histoire avait été une notion nouvelle et difficile. Dans son désert originel, tout avait été justifié par des millénaires et des millénaires d'inertie. Dans son esprit, Allah avait façonné définitivement toute chose. Mais dans la maison du mollah, on parlait d'un monde qui bougeait et se transformait sans cesse; un monde où les nations, les lois, les institutions et les dieux se succédaient dans un tourbillon hallucinant de guerres et d'utopies. C'était un monde de chefs qui s'accusaient entre eux de crimes qu'ils auraient volontiers eux-mêmes commis, s'ils en avaient simplement eu les moyens.

Tout changeait toujours et partout. Tout bougeait tout le temps depuis toujours et à jamais. Et d'entendre ces hommes parler de manœuvres, de stratégie et de révolution nourrissait la colère de la sage-femme. Non qu'elle s'opposât aux idées du mollah ni qu'elle soutînt les réformes du shah, mais plus son sort lui apparaissait n'être que le fruit des mœurs éphémères d'un peuple en mouvance — et non celui du décret immuable d'un Immortel —, plus elle rageait. Son bannissement, son viol, son corps mutilé... tout devenait absurde!

Pourquoi récolter les nourrissons innocents et affamés d'entre les jambes de ses sœurs? Pour les jeter dans ce monde grouillant et étrange, sans protection ni guide! Un homme, le poing fermé, pouvait ensuite les sacrifier au service de n'importe quoi...

Révoltée et muette, la sage-femme avait fini par imaginer une mystique où les ventres des femmes ne formaient plus qu'un seul ventre, un lieu sacré, un creuset au fond duquel se préparait un alliage mystérieux, un métal nouveau avec lequel ses sœurs forgeraient leurs armes.

Elle pensait djihad, elle aussi.

Et le monde bruyant justifiait son cri. Car il n'est que ventres ronds et mamelles lourdes, que les fruits de l'une ou l'autre de mille et une fécondités. Le monde entier, la création entière, appartient aux femmes.

Djihad...

Pourtant, le prestige et l'influence du mollah grandissaient sans cesse. Tellement que la police iranienne reçut des ordres pour son arrestation. Mais il avait préparé son exil depuis longtemps, ce n'était qu'une étape. Il fuyait aujourd'hui, mais il reviendrait.

Ce fut ce jour-là que la sage-femme fut appelée pour l'accouchement de Sabine-mère. Elle accepta d'aller lui porter secours, mais promit aux femmes du mollah qu'elle serait de retour avant le soir pour fuir avec elles. Elle aimait les femmes du mollah comme des sœurs.

Mais le soir tombait et elle ne pouvait se résoudre à abandonner Sabine.

Elle regardait l'enfant téter goulûment ; et la colère et l'angoisse qui serraient son cœur depuis si longtemps, qui l'étourdissaient de rage souvent, la quittaient de plus en plus à chaque gorgée qu'avalait Sabine. Elle tirait sur son mamelon comme pour sucer le venin d'une plaie, comme pour prendre sur elle le fardeau qui l'étouffait. Elle se sentit si libérée, si allégée, qu'elle se mit à pleurer, baignant Sabine de ses larmes de la tête aux pieds, lavant son corps du sang de sa mère.

Djihad...

Sabine-mère fut enterrée dans un des jardins intérieurs du domaine. Après la cérémonie, le père se retira dans la chambre qu'il avait partagée avec elle et s'y enferma. Il fit venir ses banquiers, ses notaires, ses avocats et leur donna des instructions. Puis il mourut, mystérieusement.

La mort du père de Sabine consterna la population du bidonville. Qui allait assurer leur survivance maintenant? Qui allait verser les salaires et commander de nouvelles cons-tructions?

Deux jours après l'enterrement du père, les gens du bidonville envoyèrent une délégation auprès de la nourrice. Ils venaient chercher Sabine. Une famille avait été désignée pour l'accueillir, veiller sur elle et en prendre soin comme d'une princesse. De cette façon, croyaient-ils, en assurant la garde du bébé, ils resteraient liés à la fortune du père et garantissaient leur avenir.

Lorsque la nourrice les aperçut depuis les fenêtres, elle comprit immédiatement ce que ces gens voulaient. Elle se sentit stupide d'avoir cru un moment pouvoir garder ce bébé près d'elle. Comment pourrait-elle s'opposer à la volonté de tous ces gens? Le cœur brisé, elle emmaillota Sabine et alla rejoindre la délégation devant la maison.

Les hommes restèrent derrière et deux femmes s'avancè-rent vers la nourrice. La plus jeune tendit les bras pour rece-voir l'enfant. Mais dès l'instant où la nourrice déposa sa pro-tégée dans les bras de la jeune femme, Sabine se mit à crier à tue-tête comme si on lui brûlait la plante des pieds avec un chalumeau. Elle s'agitait comme une noyée en frappant des poings et des pieds; et se débattait si fort que la jeune fille faillit la laisser tomber à plusieurs reprises. Alors l'autre femme, la plus vieille, intervint. Sabine, déjà épuisée, resta immobile dans ses bras un instant avant de pousser un cri. Un seul cri. Un cri si haut, si fort et si profond que tout l'air de ses poumons fut évacué en quelques secondes. Le hurlement devint progressivement moins aigu ; elle hoqueta, puis râla, puis se tut. Mais Sabine criait toujours, les lèvres plaquées aux gencives, sauf qu'aucun son ne sortait plus. Ses poumons étaient vides. La femme s'éloigna de la nourrice, et le corps fragile de Sabine passa du caramel au rouge... du rouge au bleu... du bleu au violet..., agité de spasmes minuscules ponctués de petits râles sifflés.

Elle allait mourir d'asphyxie.

La pauvre femme secoua l'enfant, lui tapota doucement le dos entre les omoplates en plaquant l'oreille contre sa bouche. Sabine ne respirait plus. Paniquée, elle se retourna vers la nourrice et lui tendit l'enfant. Dès que Sabine fut de nouveau dans les bras de sa nourrice, elle aspira un grand coup, reprit des couleurs et, après avoir remué un peu les fesses et les épaules pour refaire sa place au creux de ses bras, elle s'endormit. Les deux femmes, honteuses, rejoignirent les hommes restés derrière ; et tout ce petit monde rentra chez soi, perplexe.

Sabine avait dit non.

Plus tard dans la journée, des avocats vinrent aussi chercher l'enfant. Ils avaient trouvé, selon les volontés du père, une famille pour accueillir Sabine. Mais ils eurent droit au même traitement et durent quitter le bidonville les mains vides.

Après ces incidents, la nourrice ne pouvait plus lâcher Sabine un seul instant. Elle avait tenté à quelques reprises de la déjouer, de la déposer durant son sommeil afin de faire du feu ou de préparer un repas ; mais chaque fois les cris de Sabine avaient résonné dans tout le bidonville. C'était un cri extraordinaire : une seule note aiguë et soutenue qui faisait dire aux vieillards que les cris de l'enfant s'élevaient plus vite et plus près d'Allah que les prières de tous les fidèles réunis.

Elle dut alors se confectionner un harnais de cuir afin de garder Sabine contre elle tout en libérant ses mains. Elle se promenait ainsi avec l'enfant jour et nuit, sans un instant de répit, en la portant sur son ventre aussi étroitement que sa mère l'avait portée dans le sien. Quand Sabine avait faim, elle tournait un peu la tête pour trouver les seins de sa nourrice, sans faire vraiment plus d'efforts que si elle avait été liée à elle par un cordon ombilical.

Heureusement pour la vieille Iranienne, la deuxième gestation de Sabine fut plus courte. Et quand sa vision devint assez claire, elle libéra sa nourrice. Mais elle devait tout de même rester à l'intérieur du champ de vision de sa protégée, sinon c'était la crise.

Son autonomie ainsi accrue, la nourrice reprit l'entretien des jardins autour de la demeure abandonnés depuis la mort des parents.

Quand les habitants du bidonville virent Sabine séparée du corps de sa nourrice, ils crurent le moment venu d'intervenir à nouveau auprès de la sage-femme. Depuis la mort du père de Sabine, une foule de problèmes s'étaient abattus sur eux et s'aggravaient de jour en jour. Sans l'argent que leur protecteur avait englouti chaque mois dans l'entretien des installations du bidonville, l'économie de ce petit monde fermé chancelait. On manquait de sucre, de farine, de sel, d'huile, de soufre, de cire et de tout ce que la ville pouvait fournir contre argent sonnant. Cette pénurie de devises en força beaucoup à retourner à la rue pour mendier, abandonnant les échoppes qu'ils avaient maintenues au bidonville. Bientôt, il ne resterait plus personne pour assouplir le cuir, broyer le grain, filer la laine… Bientôt, il ne resterait plus rien.

La nourrice travaillait au jardin sous le regard attentif de Sabine quand la deuxième délégation arriva aux limites de la propriété. Un homme, très grand, très costaud et barbu jusqu'au nombril se détacha du groupe et marcha vers la sage-femme d'un pas résolu, décidé à faire valoir les droits de la communauté sur l'enfant d'une voix grondante et sans appel.

Raison d'État.

Mais dès qu'il arriva à trois mètres de la nourrice, le berceau de Sabine se mit à sautiller sur place, mû par les spasmes de l'enfant qui criait comme si on l'écartelait. La nourrice courut à sa rescousse; et dès qu'elle se fut éloignée de l'homme, Sabine retrouva son calme. L'enfant calmé, l'homme s'approcha de nouveau. Mais, dès qu'il se fut rapproché un peu, Sabine explosa de plus belle... La nourrice, gênée et confuse, tenait Sabine en regardant l'homme debout et immobile à trois mètres d'elle. S'il avançait d'un pas, Sabine poussait à s'en étouffer son cri de guerre. Dès qu'il reculait, elle se taisait. Un pas en avant, un pas en arrière... impossible de la déjouer.

Ainsi, à force d'essais et d'erreurs qui faillirent tuer l'enfant, les habitants du village apprirent le protocole que leur imposait Sabine:

1. Il est intolérable qu'un homme s'approche à plus de trois mètres de la nourrice.
2. Si un homme reste immobile dans une position de soumission, la nourrice peut alors s'approcher elle-même de lui, si elle le désire.
3. Un ton de voix aimable et conciliant est conditionnel à tout entretien avec la nourrice.
4. Les femmes peuvent s'approcher jusqu'à un mètre de la nourrice.
5. Personne, sous aucun prétexte, ne peut toucher la nourrice.

L'équation était simple et brutale: si l'intégrité de la zone de protection décrétée par Sabine autour de sa nourrice était violée, l'enfant criait de rage jusqu'à l'asphyxie. Et si l'enfant mourait, plus rien ne lierait les habitants du bidonville à la fortune du père; et ce serait la fin de leur communauté. Il leur fallait se rendre à l'évidence: ce petit bébé, Sabineamour, avait désigné sa nourrice pour assumer la régence du ghetto; et cette décision était sans appel.

Quelques jours plus tard, les avocats revinrent aussi à la charge. Cette fois, ils avaient emmené des officiers de police et deux infirmières avec eux. Mais Sabine fut inflexible. Les infirmières durent même la réanimer à deux reprises tellement elle rageait de leur obstination à vouloir la séparer de sa nourrice.

Finalement, un des avocats revint seul voir la nourrice. Il resta debout dans l'entrée de la maison, les mains jointes derrière le dos et la tête légèrement penchée en avant. La nourrice put alors s'approcher de lui sans outrer Sabine. Il lui expliqua qu'il avait été chargé par le père de l'enfant de lui trouver une famille. Elle n'était pas son premier choix, mais vu les circonstances, elle serait nommée gardienne légale de l'enfant. Il lui apprit que le père avait exprimé le désir qu'elle reçoive une éducation, qu'elle apprenne le français, car sa mère était française ; qu'elle soit libre de voyager et de se choisir n'importe quelle patrie. Le père de Sabine l'avait aussi instruit de veiller au bon fonctionnement du bidonville, car il avait considéré ces gens comme ses protégés. Pour le reste, l'avocat se chargerait de la gestion des affaires jusqu'à la majorité de l'enfant.

Il lui fit signer une liasse de papiers, l'assura de sa disponibilité en tout temps, salua timidement Sabine et s'en retourna.

L'affaire était réglée...

Pour les habitants du bidonville, rien n'était réglé, au contraire. La bourse du père de Sabine leur était ouverte de nouveau et le train-train du ghetto retrouvait son allure, mais leur destinée se retrouvait entre les mains d'une étrangère. Et qui savait ce que cette femme avait en tête ? On marmonnait que la nourrice droguait l'enfant ; qu'elle était magicienne ; qu'elle avait tué le père et la mère et que des loups venaient la nuit en meute pour lécher docilement les paumes de ses mains. On racontait n'importe quoi ; et ils vinrent rapidement à bout de se convaincre qu'elle voulait leur perte à tous…

Depuis sa création, le bidonville avait prospéré sans tribunal, sans Parlement, sans contrat, sans huissier, sans police. Ses habitants étaient soudés ensemble par les décrets de la nécessité, la lumière du Coran et la générosité du père de Sabine ; et ces trois choses leur avaient toujours indiqué que faire et que penser en toutes circonstances.

Mais l'époque de ce laisser-faire insouciant semblait brutalement révolue.

Sur les places où s'attroupaient les hommes, on discourait maintenant de l'urgence d'encadrer la nourrice, d'opposer à son pouvoir la volonté populaire et de contenir la moindre de ses initiatives. Sur ces points, ils étaient parfaitement unanimes. Mais sur les détails de cette volonté commune, par contre, on s'entendait difficilement…

Il fallait agir pourtant.

Alors, un des salariés du bidonville, appuyé par ses confrères, fit savoir qu'il représenterait officiellement les intérêts de la communauté et qu'il saurait maintenir la nourrice sous son contrôle. Mais les tisserands, les tanneurs, les tondeurs de moutons et la plupart des artisans du ghetto n'accueillirent pas cette autoproclamation favorablement. Pour bien signifier leur opposition, ils mirent publiquement en doute les mœurs de la mère du salarié. La famille, les amis, les salariés du bidonville et tous ceux qui se considéraient comme éclaboussés par ces déclarations furent outrés. D'autres pourtant conclurent aussi que seul un enfant de pute pouvait avoir l'arrogance de se proclamer leur chef sans aucune forme de consultation.

Deux groupes se formèrent. Du jour au lendemain, chacun avait désormais deux ennemis : la nourrice et l'autre groupe.

Dans la mêlée, un homme, appuyé par ses voisins, fit remarquer que l'eau des bains en périphérie du bidonville était moins fraîche et propre que celle qui coulait au centre ; et qu'il fallait prioritairement exiger de la nourrice la réfection des aqueducs. Il se fit répondre par les habitants du centre qu'il n'avait, lui et ses voisins, qu'à ne plus pisser dedans pour que leur problème soit réglé, aussi vrai qu'Allah est le seul Dieu et que Mahomet est son prophète.

Mêler la religion au débat ne fit qu'envenimer les choses...

Ceux qui réclamaient des bains s'en prenaient à ceux qui voulaient une mosquée, qui s'en prenaient à ceux qui exigeaient une école, qui s'en prenaient à ceux qui demandaient des égouts. Ils y avait tant de dissension et tant de gens qui s'injuriaient que les groupes finirent par se former sur la base d'appartenances primaires : les chiites d'un côté, les sunnites de l'autre. Les peaux pâles s'opposaient aux peaux foncées, les gens de souche aux étrangers, tous aussi déterminés les uns que les autres à imposer leur volonté au bidonville entier.

Le débat devint si virulent que chaque parti contrôla rapidement un secteur du ghetto et en interdit farouchement l'accès aux membres des autres factions. La nuit, des bandes armées de couteaux s'aventuraient en terrain adverse pour dévier les canalisations et couper l'eau. On se battait tous les matins pour le contrôle de la distribution de farine. Lorsqu'une bande réussissait à en déjouer une autre complètement, à assoiffer et affamer un secteur du bidonville, les vainqueurs réclamaient l'appui des assiégés en faisant valoir leur aptitude à mieux les protéger à l'avenir que la bande qui les contrôlait jadis. Ainsi, les allégeances changeaient d'une offensive à l'autre. Il n'y avait désormais d'appartenance qu'aux plus forts. Chaque matin, on trouvait des jeunes gens le visage tuméfié, les membres rompus. On trouvait des cadavres aussi ; et chaque mort devait être vengé.

Ce n'était plus qu'un conflit entre bandes ; et la grande majorité des habitants du ghetto déplorait la situation. Mais que pouvait-on y faire ? Tous les efforts ne se soldaient que par la formation d'encore un autre groupe...

La plupart des habitants ne participaient pas aux escarmouches, mais ils devaient acquitter une lourde taxe de protection. Afin de financer cette taxe, chaque secteur du bidonville dut imposer des frais de douane et des droits sur tout ce qui traversait les quelques ruelles sous son contrôle.

Tout coûtait plus cher. Les denrées circulaient mal. On manquait de tout.

Et tous regrettaient le temps passé...

Tous, sauf un homme que cette histoire laissait complètement indifférent. C'était un vieillard fatigué qui se préparait à mourir, et ses préparatifs lui prenaient tout son temps. Il quittait ce monde et il exigeait que ce monde le laisse en paix ; car cette mort qui approchait le plongeait dans d'interminables réflexions. Il la sentait si près désormais qu'il pouvait voir son visage dans les taches brunes qui garnissaient maintenant sa peau. Il voyait même son sourire entre les bourrelets flasques de sa bedaine. Soit ! Depuis longtemps, il ne pleurait plus l'étirement grotesque de son scrotum vers le bas ni la réduction de son pénis à ses simples fonctions urinaires. Il ne regrettait pas non plus sa vigueur perdue ni la chaleur des anciennes étreintes. Il acceptait simplement sa mort, au terme d'une longue vie.

Son seul inconfort, la seule chose qu'il déplorait, c'étaient les tortures que lui imposait son système digestif. Il lui suffisait de manger une datte ou une olive pour se mettre à roter et à péter des heures durant, en dégageant une pestilence de mort, lui qui pourtant vivait toujours. Un peu de pain lui demandait des heures de digestion durant lesquelles il sentait toutes les contractions et les sécrétions que ses organes aux forces déclinantes produisaient courageusement pour décom-

poser les éléments nutritifs des aliments qu'il ingurgitait.
Tout cela pompait, suçait, tirait, poussait et broyait fièrement,
comme au temps insouciant de sa jeunesse ; sauf qu'aujour-
d'hui il ne lui restait plus, au terme de ces vastes branle-bas
de combat, que le relent acide de ses sucs gastriques à la
bouche, une haleine flétrie au delà de toute description et la
perspective douloureuse de devoir bientôt évacuer par ses
orifices desséchés les restes à peine digérés de ce qu'il avait
avalé.

Devant la faillite de son système digestif, il ne mangeait
plus qu'une espèce de purée à base de pois chiches, à laquelle
il ajoutait de l'eau, de l'huile et un peu de citron. C'était le
seul aliment qui ne le faisait pas souffrir.

Il buvait du thé aussi. Très sucré.

C'est lorsque le sucre vint à manquer qu'il fut mis au courant de l'agitation qui s'était emparée du bidonville. Il n'en fit
pas de cas et apprit à boire son thé sans sucre, lorsque le sucre
manquait. Quand on lui coupait l'eau, par contre, il piquait
des colères noires, car il devait faire tremper ses pois chiches
des jours durant pour les ramollir et les rendre digestes. Mais
il prit l'habitude de se faire des réserves. Sa cabane se trouvait
à côté de l'un des bains publics où il pouvait s'approvisionner
facilement.

Ce furent les pénuries de pois chiches qui vinrent à bout
de sa patience.

Il devait alors traverser le ghetto pour se ravitailler. À
cause de sa faiblesse et des distances à parcourir, il ne pouvait
rapporter que de petites quantités à la fois, ce qui l'obligeait à
faire le périple plusieurs fois par semaine. Il aurait bien voulu
envoyer un homme plus vigoureux à sa place, mais il fallait
traverser de nombreux secteurs du bidonville ; le trajet s'en
trouvait donc dangereux. Toutefois, personne n'inquiétait le
vieillard. Son grand âge mais surtout sa réputation d'être un
homme pieux, instruit des secrets du Coran et de la vie des
saints, lui servaient de sauf-conduit.

Jadis, on l'informait des naissances, des mariages et des
décès, croyant qu'une prière de sa part en valait deux d'un
autre. On lui demandait conseil en tout. On l'interrogeait

avant de conclure un marché ou d'entreprendre un voyage. Et il avait toujours su répondre avec sagesse une phrase ou deux, dont les centaines d'interprétations possibles invitaient invariablement à la prudence et à la réflexion.

Il était presque saint parmi eux. Du moins, plus saint que la moyenne.

Parfois, en l'apercevant qui se traînait dans une ruelle, un homme se précipitait pour lui prendre la main, honteux, et pleurnicher sur la fatalité qui s'abattait sur le bidonville. Le vieillard, impatient, agitait alors le bras pour se dégager, cherchait son équilibre puis balayait l'air de sa canne en grognant pour faire fuir l'importun. Il avait vu tant d'hommes se battre au cours de sa vie. C'était parfois la terre entière qui semblait sombrer dans la folie. Il n'y avait jamais rien compris ; et le temps lui manquait désormais pour pousser plus avant ses réflexion sur ce sujet. Qu'ils se battent ! Que pouvait-il y faire ?

Mais les mois passèrent et il ne mourait pas. Trop fatigué parfois pour aller chercher ses pois chiches, il devait manger du pain et des olives, et souffrir leur lente digestion des heures durant.

Un jour, il en eut assez…

« Il faut opposer à cette folie une folie plus grande encore. C'est la seule façon d'y mettre un terme », avait-il résolu.

On le vit alors apparaître sur les places, enveloppé d'un grand manteau, appuyé sur une canne, une main tremblante ouverte au ciel pour commander à tous leur soumission à la volonté d'Allah. On se pressait autour de lui pour l'entendre évoquer la mémoire de sages morts depuis des siècles, réciter des sourates parmi les plus obscures du Coran et faire quelques concessions au Nouveau Testament. Il hurlait l'avènement prochain d'un miracle dont il avait eu en rêve la plus claire annonciation.

Il criait à tue-tête :

« Qui donc était la sage-femme, d'ailleurs toujours si pieusement vêtue, sinon une sage-femme tout simplement ? Et qui était l'enfant sinon un simple enfant ? Alors comment ces deux femelles pouvaient-elles bouleverser leur vie à tous ?

Comment?» Les gens, pantois de voir son regain de vie, restaient pendus à ses lèvres... «C'est la volonté d'Allah, tranchait-il, rien de moins! Seul Allah détient ce pouvoir!»

Allah!

Les gens s'indignaient.

Il en rajoutait:

«Ce n'est pas l'enfant qui hurle comme la mort quand sa volonté est contrariée. Ce n'est pas l'enfant qui crie, mais le Mahdi!»

Sans craindre les représailles qu'aurait dû lui attirer cette hérésie, il poussait l'audace toujours plus loin, excédé:

«Du ventre de cette Sabine sortira un enfant; et ce fils sera le Mahdi. Les cris de l'enfant sont ceux du Mahdi... Le Mahdi: l'envoyé promis par Allah! Le Mahdi: le dernier prophète! Le Mahdi qui arrivera enfin pour rétablir la justice et la foi corrompue! Dans le ventre de Sabine: Le Mahdi!»

Chaque fois qu'il devait traverser le ghetto pour trouver ses pois chiches, le vieillard s'appliquait désormais à emprunter un chemin différent afin de visiter toutes les places du bidonville et d'y beugler sa prophétie: Le Mahdi!

Il y mit tant d'ardeur et de passion que ses pauvres organes, déjà surmenés par le travail normal qu'il demandait d'eux, croulèrent sous l'effort supplémentaire; et le vieil homme mourut finalement.

«Sabine sera la mère du Mahdi», furent ses dernières paroles. Il fut enterré le lendemain. Tout le bidonville assista à ses obsèques.

Le Mahdi... L'hérésie était si énorme, si hallucinante qu'elle en donnait le vertige! Aucune inspiration, aucune intuition n'avait guidé ce raisonnement, seulement l'urgence. Mais si énorme qu'elle fût, cette hérésie arriva peu à peu à ouvrir une fissure dans le cul-de-sac où les habitants du bidonville se trouvaient pris. Si une bande faisait trop pression sur eux, en agitant le spectre du règne de la nourrice, ils pouvaient maintenant répondre: «C'est la volonté d'Allah! C'est la volonté du Mahdi!» Et cette réponse, qui exprimait plus la frustration que la foi, ralliait assez de gens pour faire fléchir l'autorité des bandes. Avec ce cri, bientôt, on put traverser le ghetto sans être importuné, sans avoir à payer de douane, de droit ou quoi que ce fût. Le poing fermé, le torse bombé, on criait : « L'enfant sera la mère du Mahdi ! » et on retrouvait sa liberté.

Arriva fatalement le jour où un homme, un sincère simple d'esprit, se retourna en direction de la chambre de Sabine, au lieu de vers La Mecque, pour faire sa première prière de la journée... Dès le premier jour, d'autres firent comme lui. Les gens voulaient la paix et cette hérésie était nécessaire à la paix. Le temps se chargerait de valider ou de condamner cette croyance. Cela n'était plus de leur ressort.

Les conversions furent nombreuses et rapides. L'abcès était crevé. Il y eut quelques affrontements encore, mais ils ne durèrent pas. Certains, choqués par cette moquerie, quittèrent le bidonville. Mais la majorité des gens choisit de rester.

Le Mahdi...

Sabine était à peine née qu'on attendait déjà sa première ovulation comme un miracle.

Sabineamour.

V raiment, la foi est une belle et grande chose...

Il fallut trois jours à peine aux Élus pour faire fuir toute la clientèle du restaurant, mis à part quatre ou cinq hommes qu'ils réussirent à endoctriner, sans compter le cuisinier et la serveuse. Foudroyant !

Une fois le restaurant sous leur emprise, ils se mirent à prêcher et à recruter comme si la fin promise était pour demain. C'est fou ce qu'ils travaillèrent ! Et chaque fois qu'ils faisaient une nouvelle victime — un Élu — ils venaient me la présenter, tout fiers, après l'avoir douchée et désinfectée. Ensuite, on lui attribuait une place au comptoir ou à une des banquettes pour qu'elle puisse écouter les délires apocalyptiques de premier Élu, le grand crétin que j'avais voulu pousser au suicide quelques mois plus tôt. Le Pontife, maintenant...

Il était beau à voir quand même. Il ne se taillait plus la barbe et laissait allonger ses cheveux. Il ne portait plus ni l'un ni l'autre de ses deux costumes usés, mais de grands vêtements amples et blancs. Une vraie caricature. Mais il y mettait tant de passion qu'on finissait par y croire. Enfin, presque.

Il arrivait au restaurant à la première heure, dès l'ouverture, pour attendre ses ouailles. J'arrivais juste après. Il prenait place à l'arrière, seul, affectant un air absorbé. Moi, je restais au comptoir. Il fixait les tuiles du plafond en marmonnant. Ponctuellement, il enfouissait son visage au creux de ses mains et se massait la face. Parfois, il se levait et faisait les cent pas en murmurant des choses incompréhensibles. Ce cirque pouvait durer des heures. On le sentait se tendre lentement. Sa face rougissait. Ses gestes devenaient nerveux et secs. Dans le restaurant, où les Élus arrivaient un à un, l'anticipation grimpait. Et lorsque son auditoire lui semblait assez important (il lui fallait une trentaine de personnes), il explosait finalement...

Du haut de son mètre quatre-vingt-dix, les bras en croix, les mains ouvertes, il hurlait soudainement:
« Qui sont les Élus? Qui sera sauvé? »
Il enjambait la pièce en deux bonds, se jetait sur un homme au hasard, tout petit au fond de son siège:
« Réponds! » lui criait-il au visage.
Le pauvre homme devenait tout blanc, restait muet.
« Mais ceux qui souffrent! Ceux qui souffrent le plus », enchaînait-il, triomphant.
Alors il me montrait du doigt — j'étais le prophète — pour enchaîner avec le détail des élucubrations que je lui avais soufflées à l'oreille. Je n'avais rien à faire. Il s'occupait de tout. Je n'avais qu'à être là. Lui était majestueux! Il crachait, sifflait, beuglait la condamnation des arrogants, des fiers, des pédants, des comblés, des riches… Sa voix grondait comme un canon. Ses bras allaient en tous sens. Il hurlait comme un démon, déchaîné.
Les Élus, pétrifiés sur leurs bancs, ne le lâchaient pas des yeux un instant.
Puis, le visage baigné de sueur, après toute une heure souvent, il s'arrêtait de crier et reprenait son souffle. Il marchait parmi l'assemblée, haletant. Puis, il s'approchait enfin de l'homme qu'il avait sommé de répondre à ses questions plus tôt:
« Dis-moi, frère, tu souffres? »
Tout tremblant d'émotion, l'homme éclatait en sanglots:
« Oui… »
Alors le géant, tout en blanc, le soulevait comme un fétu de paille, le serrait dans ses bras et marchait avec lui d'une table à l'autre:
« Alors tu es sauvé! Tu es un Élu! Et seuls les Élus seront sauvés! »
« Et toi, souffres-tu? » demandait-il en pointant le doigt vers un autre.
« Oui! Oui! » pleurnichait l'autre, invariablement.
« Alors tu es sauvé! » concluait le Pontife, généreux, en l'invitant à se rapprocher de lui.
Bientôt, tous l'entouraient. On tâtait ses vêtements, on embrassait ses pieds. Et moi, discret sur mon tabouret, je

planais d'extase devant ce spectacle ahurissant... Ces épanchements grotesques m'extirpaient de ma chair. C'était mille fois mieux que la servitude des catholiques. J'étais l'objet de ce culte...

Après les pleurs et les tendres accolades, le Pontife resserrait les rangs de ses troupes.

Sa voix redevenait sombre :

« Où sont les Élus, questionnait-il gravement, où sont nos frères ? »

Du coup, un silence parfait envahissait les lieux.

« Où sont nos semblables qui souffrent dans la misère, innocents, ignorant leur vraie nature ? »

Il se redressait, bien droit :

« Où sont-ils ? »

Il emplissait ses poumons en bombant le torse jusqu'à paraître deux fois plus large, solide et grand qu'il ne l'était déjà. Ses mains tremblaient. Un rictus douloureux se formait sur son visage. Puis il claquait comme la foudre en indiquant la sortie du doigt :

« RAMENEZ-LES À MOI ! »

La trentaine d'Élus se précipitaient vers la sortie pour investir la rue et se répandre dans tout Montréal, comme autant de bacilles de peste dans le réseau d'eau potable...

Lui, épuisé, s'effondrait sur une banquette et devenait pensif.

Moi, ravi, je souriais comme un vieux sénile, gaga dans sa couche.

Vraiment... La foi...

Ils investirent progressivement les rues des quartiers pauvres, les soupes populaires, les hôpitaux, les sous-sols d'églises, les tavernes miteuses, les maisons de transition, les abris de l'Armée du salut et les ruelles en cul-de-sac du centre-ville pour y clamer leurs prophéties : « La fin du monde est proche ! Seuls les Élus seront sauvés ! »

Dans ces endroits louches, on souffre beaucoup de n'être rien pour personne. Les Élus potentiels y foisonnent. Il suffit de se pencher pour les ramasser. Ce sont des mâles pour la plupart, des mâles dans la quarantaine, jetés en pâture à la peur, la confusion, l'alcool, la drogue, la violence et la pornographie; titubant entre le meurtre et le suicide; abandonnés aux cultes ternes de la nuit. À les regarder, ils ont l'air tout à fait normaux. Mais un Élu sommeille en chacun d'eux, à côté du dépravé.

C'est connu…

Prenez le plus froid des hommes, une enclume sans sentiment, sans passion, invincible en apparence. Dépouillez-le d'abord de sa femme et de ses enfants, puis de son travail, même abrutissant. Ensuite, faites-le macérer un temps dans l'indifférence et le cynisme des villes. Vous verrez… Selon ses penchants, il rampera comme un chien battu, imperméable aux humiliations, ou il deviendra une hyène grimaçante qui bientôt tuera par plaisir. Il aura suffi, pour le faire basculer, de couper les liens, même ténus, qu'il entretenait avec le monde, de détruire son petit réseau intime. C'est étourdissant à quel point les gens sont fragiles.

Et ils souffrent…

Mais c'est justement cette souffrance qui lie les hommes entre eux. La souffrance, c'est la porte d'entrée de tous les hommes sur tous les autres, au delà des classes et des races. Et pour les chasseurs d'Élus, un café suffisait pour en passer le seuil. Un café, une poignée de main, un regard attendri, et l'invitation aux aveux… Mais aucun lien personnel ne se tissait entre le chasseur qui tendait la main et la proie qui s'y accrochait. Il n'y avait jamais de «toi et moi». Seulement «Lui», avec un *L* majuscule (c'est-à-dire moi). Et si juteux que pussent être les aveux de la victime, le chasseur ne les recevait qu'à travers un filtre, comme le grillage d'un confessionnal. L'un et l'autre restaient seuls. Radicalement seuls. Mais sauvés !

C'était d'ailleurs la condition *sine qua non* pour être mis en présence du Pontife. Il fallait préalablement abandonner le monde et tout ce qui y grouille. L'amour, l'amitié, la rage, la soif n'avaient plus d'emprise sur la recrue. Seule la promesse de salut importait. Le dédale bruyant des rapports humains, les sentiments, les projets n'étaient plus qu'un marais puant dont la destruction imminente avait été arrêtée de haut.

Ainsi complètement isolée et vulnérable, la recrue était conduite jusqu'au boui-boui insalubre, jusqu'au Temple, pour se mêler aux autres, des inconnus — à jamais inconnus —, ses semblables, ses frères.

Les Élus ne firent jamais rien l'un pour l'autre, mais c'est incroyable ce qu'ils firent pour « Lui ». C'était par cette servitude commune qu'ils se sentaient liés.

Ils prirent le restaurant d'assaut. Ils dégraissèrent les fours et les ustensiles, lavèrent les plaques chauffantes et les réfrigérateurs, stérilisèrent les couverts et les plats. Le Pontife n'avait qu'à faire un geste du doigt pour que les Élus repeignent les murs et changent la cuirette des banquettes et des tabourets. Il y en avait toujours deux ou trois qui torchaient quelque chose, qui nettoyaient les plantes artificielles avec un vaporisateur et un chiffon ou qui récuraient les toilettes avec une brosse à dents.

Le cuisinier, converti dès le début, travaillait désormais entouré d'Élus qui coupaient les carottes, hachaient l'oignon et l'échalote en morceaux scrupuleusement identiques, tamisaient les farines dix fois plutôt qu'une. Ils étuvaient, pochaient, rôtissaient et grillaient, chronomètre en main, obsédés d'exactitude et d'obéissance. Il n'était pas rare d'en apercevoir un accroupi devant la fenêtre d'un des fours à observer la lente cuisson d'une pièce de viande des heures durant, l'arrosant de son jus à intervalles réguliers, prenant des notes, catastrophé à l'idée de rater son plat.

Ils élaboraient des plats majestueux.

J'ai vu passer dans le lot trois magnifiques saumons d'un rose parfait, figés en plein bond, la queue frappant vigoureusement une écume de caviar. La tête et la queue intactes, on les aurait crus vivants. La cuisson était pourtant parfaite. Leurs peaux séchées servaient à cacher les supports de métal qui tenaient le tout en place, et formaient aussi l'eau noire de la rivière d'où les trois poissons sautaient. J'ai vu aussi un faisan, les ailes grand déployées au plumage encore soyeux, sortant du plat comme d'un buisson, débusqué par un chasseur. Le corps de la volaille, légèrement caramélisé, ruisselait des sucs de sa cuisson. Aux pieds de l'oiseau, de fines pelures de gingembre déposées sur des feuilles de thym formaient des nénuphars flottant sur une mare de sauce au vin. Je vis passer des cochons de lait, des sangliers, un veau, des truites et des homards par centaines...

Chacun de ces plats m'était présenté en premier. Ils attendaient un signe, un semblant de sourire avant de présenter l'œuvre au Pontife. Il inspectait d'abord le travail. Satisfait de n'y trouver ni trace de couture, ni marque d'ustensiles, pas plus que le moindre signe d'armature, il se faisait servir généreusement de chacun des mets, goûtait, puis félicitait les Élus pour leur maîtrise et la perfection de leur travail. Heureux, confirmés, les Élus jetaient ensuite les restes aux poubelles et les mélangeaient à de la chaux pour se prémunir de la tentation. La soupe tiède et les sandwichs restaient les seules victuailles permises pour complémenter la soumission et la discipline, leurs véritables nourritures.

Le travail les rendait heureux, confirmait leur état d'Élus. L'endroit bourdonnait comme une ruche, et chaque mois amenait de nouvelles recrues. C'était somme toute un marché honnête, scrupuleusement honnête. Ils étaient désœuvrés, en proie à la confusion, soumis à l'alcool ou à je ne sais quoi d'autre. Et voilà que, maintenant, ils étaient ponctuels, minutieux, infatigables et souriants. Qu'importe si tout cela tournait à vide. Ils ne souffraient plus.

Et moi donc...

Vraiment, la foi est une belle et grande chose...

Je découvris assez tard, par contre, tout l'argent que le Pontife soutirait aux Élus. J'avais cru que leur simple soumission le satisfaisait, de la même façon qu'elle suffisait à me combler, moi. Mais non…

Autour du noyau que nous formions, lui et moi, s'ajoutaient quelques rapaces dont la haine et le mépris finirent par m'étourdir.

En vérité, j'aimais les Élus. Ils me touchaient tendrement. Nous étions tous dans cet état de suspension, en dehors du monde. Comme moi, ils étaient soulagés de leur visage et de leur colère. Comme eux, j'avais perdu ma voix, indifférent à tout. Mais le Pontife ne s'intéressait qu'au pouvoir, qu'à la manière de mieux assujettir les Élus.

Je crois qu'il avait repris contact avec d'anciennes connaissances à lui: deux ou trois avocats, un impresario, un dentiste reconverti en médecin homéopathe, un acteur brièvement célèbre le temps d'une saison de télévision, un psychologue conseil dans une maison d'experts en communication et quelques autres spécimens de la sorte, parmi les plus bruyants qu'ont à offrir les vivants. Désœuvrés pour le moment, ils se lièrent à lui, flairant la bonne affaire.

Désormais, lorsqu'une recrue innocente se présentait au restaurant dans le seul but d'être reconnue comme Élu et de se débarrasser du fardeau de sa vie, on lui faisait d'abord passer une batterie de tests oraux et écrits. On évaluait l'état de son âme… Une fois l'évaluation effectuée, on lui servait un prêchi-prêcha qui reflétait le mieux possible — mais, en fait, très peu — le petit calvaire personnel qui avait mené le nouveau venu devant eux. En essence, on lui racontait qu'il était *presque* un Élu.

Pour devenir un Élu véritable, le pauvre avait besoin d'un guide. Ce guide, il l'avait justement trouvé, et son Église l'accueillait à bras ouverts. En échange d'une soumission toute temporaire et temporelle, ce néophyte deviendrait peu à peu un Élu à part entière. Dès lors, il aurait droit à une éternité de joie et de bonheur, près de Dieu. Sa rédemption commençait invariablement par le don inconditionnel d'une partie de ses revenus et par une soumission totale au Pontife. On l'aviserait en temps et lieu des prochaines étapes à franchir sur le chemin de son salut.

Une fois le doigt dans l'engrenage, le presque Élu n'en finissait plus de se faire tester, d'assister à des séances, des colloques et des forums où sa relation avec Dieu, l'univers et le reste était mesurée de la façon la plus pointue. Le résultat de ces tests faisait invariablement état d'imperfections dans l'âme de la recrue. On lui expliquait que ces carences, qui interféraient avec le rapport qu'il entretenait avec Dieu, étaient responsables de son malheur. La situation, par contre, quoique terrible, n'était pas sans issue. Il fallait, pour rétablir le contact avec le divin, que le pauvre homme travaille et besogne à son perfectionnement, sous l'aile protectrice de son Église.

Le perfectionnement... une mine d'or.

Pour peu que la recrue adhérât à cette idée, sa vie, lentement, lui échappait. Sa famille d'abord, ses amis ensuite, et tout son réseau personnel devenaient progressivement des choses impies, des obstacles entre lui et Dieu.

On me présentait toujours les nouvelles recrues le temps d'une génuflexion. Ils défilaient devant moi un à un. Cela m'agaçait souverainement. J'aurais voulu leur crier d'aller pleurnicher ailleurs. Qu'avaient-ils à se faire pardonner ? D'avoir été mauvais père, mauvais mari ! D'avoir triché et menti ! Je m'en foutais ! DIEU S'EN FOUT ! Allez expier vos remords avec vos victimes ! Allez consoler vos femmes et vos enfants ! Consultez un psychiatre si tout vous semble insurmontable ! Mais laissez-moi tranquille !

Les vivants me désespèrent...

Si j'avais été un homme, je les aurais chassés à coups de pied ! Mais j'étais muet. Je n'étais plus qu'un sourire niais ! Un objet de culte.

Le Pontife et ses acolytes, par contre, faisaient preuve d'une vigueur peu commune. Ils développaient des produits de rédemption, une variété sans cesse croissante de micro-pseudo-thérapies, de tests, de fascicules noircis de vocables étranges et de formules creuses à offrir aux futurs Élus. Et ils en achetaient, les pauvres! Ils en redemandaient! Ils consommaient de la rédemption comme d'autres des voitures et des fringues!

Et le Pontife et ses lieutenants faisaient fortune.

Ils achetèrent l'édifice où se trouvait le restaurant. Au troisième, ils installèrent leurs bureaux. Au deuxième, la réception, une foule de petits bureaux de consultation et deux salles multidisciplinaires pour intégrer progressivement les nouvelles recrues dans le groupe. Sur la façade de l'édifice fraîchement rénovée, d'énormes affiches colorées invitaient les passants à sauver leur âme: «La fin est proche! Seuls les Élus seront sauvés!»

C'était à vomir. On se bousculait aux portes.

Je ne sais pas si Yahvé, le Christ et Allah s'étonnent autant que moi des Églises fondées en leur nom, mais à voir ces abrutis s'exciter, je regrettais le désespoir honnête des premiers Élus, la joie véritable des commencements.

J'étais étonné aussi de voir accourir les foules. Dieu est mort! Non? On l'a tué. Et les penseurs qui l'ont assassiné ont beaucoup été célébrés. Mais ils ont bâclé leur travail. Il aurait fallu incinérer son cadavre, emprisonner la fumée de sa crémation dans une ampoule et ses cendres dans une urne pour les bannir de la planète. Mais non, on l'a laissé pourrir. Et vivre debout en équilibre sur le chaos, enivré par la puanteur atroce d'un Dieu en putréfaction, c'est bien beau, mais ce n'est pas pour tous.

Oh que non!

Les gens souffrent!

Et la nuit, dans les tranchées, sous la mitraille, on désespère de trouver des réponses, une raison d'être au cirque absurde dans lequel on s'enlise. Du temps où Dieu vivait, si on reniflait sa trace, on ne percevait généralement que les parfums rassurants de l'encens et des soutanes. On pouvait y trouver un genre de paix. Aujourd'hui, c'est une symphonie d'effluves contradictoires qui nous agressent; et rien ni personne ne sait plus contenir le chaos et l'ivresse.

C'est lamentable. Il n'y a pas d'athées...

Je le sais mieux que personne. J'en vois des dizaines chaque jour venir acheter des réponses toutes faites au Pontife. Du pur! Du définitif! De l'absolu! Car si le monde est vaste, il n'est pas infini; et chaque réponse qu'on se donne le divise en deux. À la question du bien et du mal, on répond: «le bien», et voilà le monde rapetissé de moitié. Dans cette moitié s'opposent la jouissance et le devoir: on répond «le devoir» et du coup le monde est divisé en quatre. Une autre réponse le divisera en huit, une autre encore en seize, et puis en trente-deux, et puis en soixante-quatre parties. Plus on trouve de réponses, plus le monde est petit. Et plus le monde est petit, mieux on peut agir sur lui.

Mon Pontife, manifestement, comprenait cela. Il vendait des réponses définitives afin d'enfermer le plus grand nombre de personnes à l'intérieur du plus petit monde possible. Et sur ce chenil exigu qui puait le dogme et l'intolérance, il ne rêvait que d'établir un contrôle absolu...

C'est pourquoi le monde civil avait rejeté cet homme. Ce désir crasse de contrôle et de puissance l'avait mené chez les désespérés.

Le monde civil n'a pas d'éternité ni d'absolu; c'est un monde de circonstances et de compromis. Bien sûr, il endoctrine et asservit. Mais le maître a beau regarder son vassal de haut et lui trouver bien peu de choses, il a beau se désoler de sa vulgarité, de son inculture et de sa brutalité, le traiter comme un insecte et lui faire subir les pires traitements, il reste toujours au fond d'un être humain quelque chose d'unique et d'inaliénable. On pense avoir réussi à laver son cerveau de sa dernière tache d'individualité; on se croit en mesure de lui faire faire n'importe quoi: de le faire voler, violer, torturer et massacrer en claquant des doigts; on pense avoir assujetti une bête féroce simplement en l'habillant d'un uniforme, mais on se trompe. C'est une loi irréductible: si les systèmes réussissent admirablement à briser l'homme moyen, ils échouent par contre lamentablement dans l'effort de faire de lui l'engrenage enthousiaste d'une machine et de le contenir dans la niche qu'on a prévue pour lui. Ultimement, le soldat se lasse de la guerre, le fonctionnaire de ses formulaires et le bourreau de ses outils. C'est qu'il reste toujours caché je ne sais où, au fond de chacun, un petit résidu d'humanité que l'autorité et la brutalité ne peuvent entamer.

C'est l'imagination.

C'est là que l'être humain fuit les commandements, les hiérarchies, les dominances, les pressions qui le pressent sans cesse d'être ce qu'on attend de lui. Il fuit, c'est tout. Il fuit loin, hors de portée ; et dans cette fuite il reste humain. Il reste vivant là où rien ne peut le contraindre, le corrompre ni l'asservir. Il rêvasse et s'imagine un sort meilleur. Il plane et oublie sa douleur. Puis murmure autour de lui les visions impossibles qu'il a inventées. Ainsi Babylone, Constantinople et Rome se sont écroulées...

C'est à ce dernier rempart d'humanité que s'attaquait si sauvagement mon Pontife enragé. Que les dieux existent ou non, les papes, eux, sont bien réels et nombreux ; et chacune de leurs bulles laisse de profonds cratères dans l'imaginaire, autour desquels s'empilent les restes calcinés de milliards d'imaginations assassinées.

Si j'avais été un homme, je l'aurais crié...

Avec le nombre croissant des néophytes et la hiérarchie qui découlait normalement d'une foi où certains individus se trouvaient plus près du salut que d'autres, la nécessité de réorganiser certains aspects du culte se fit sentir. Le Pontife fit donc aménager un genre de chapelle dans l'édifice, derrière le restaurant. Finis les sermons à l'emporte-pièce. Il fallait maintenant passer du boui-boui à la chapelle par une ouverture au fond du restaurant, fermée d'un rideau. Là se déroulaient maintenant les cérémonies, exclusivement, à heures fixes.

Un véritable théâtre...

Des centaines de projecteurs colorés, braqués vers une scène surélevée, appuyaient les sermons du Pontife d'effets de lumière saisissants. Des dizaines de haut-parleurs portaient sa voix et permettaient d'intéressants effets de son. On y faisait gronder le tonnerre en appuyant sur un bouton. Le plafond, très haut, était parsemé de petites ampoules électriques ; et, dans la salle, le novice avait l'impression d'être à ciel ouvert, la nuit, et d'entendre des voix qui semblaient s'adresser à lui d'en haut...

Et l'odeur des chandelles, et de l'encens...

Et le silence des hommes à genoux...

Et l'impression d'être petit...

Le Pontife arrivait sur scène et se plaçait derrière l'autel, vêtu d'une grande robe blanche à capuchon, attachée à la taille par un cordon. Un jeu d'éclairage jetait une lumière crue sur son aube pour la rendre encore plus éblouissante. Un peu de fumée, soufflée par des machines dissimulées derrière l'autel, captait la lumière réfléchie par le vêtement et formait un halo autour de lui, comme une auréole qui l'encerclait entièrement. Je prenais place à la droite de l'autel, mécaniquement, toujours avec le même air content figé sur mon visage, éclairé discrètement.

Devant la scène s'entassaient les presque Élus vêtus d'aubes jaunes. On trouvait parmi eux les notables de l'organisation. Ils étaient tous à un cheveu d'être de véritables Élus à part entière ; leurs aubes blanches, déjà prêtes, les attendaient. Derrière eux, beaucoup plus nombreux, les néophytes en aube marron. On disait d'eux qu'ils avaient parcouru plus de chemin qu'il ne leur en restait à faire. Et derrière ceux-là, une grande foule de recrues en aube rouge, fraîchement arrivées. Et finalement, au fond tout à fait, des dizaines d'ahuris en civil, éblouis par le spectacle, mouraient d'envie de se joindre à ce cirque.

Les cérémonies avaient lieu le mercredi soir. On avait choisi ce jour de façon symbolique car, placé en plein milieu de la semaine, il représentait le centre d'un axe, un point d'ancrage, comme un point d'attache duquel oscillerait un pendule... Les recrues arrivaient de la ville, de la campagne et des banlieues ; on trouvait parmi elles des ouvriers, des fermiers, des dentistes, des commis, des directeurs, des bouchers, des chômeurs, des avocats, des instituteurs, des médecins, des banquiers, des artistes ; des brutes, des tendres, des ventrus, des maigres, des barbus, des chauves, des Blancs, des Noirs, des Jaunes, des grands, des petits, des nerveux au regard fuyant et des décontractés aux gestes lents. Rien, en apparence, ne liait ces gens entre eux. En fait, c'est tout juste s'ils se saluaient. Chacun entrait dans l'église son aube sur le bras, le regard vers le sol. Puis il enfilait sa parure et prenait sa place sans voir personne. S'il reconnaissait un visage, il esquissait peut-être un signe de la tête ou de la main, sans plus. Personne ne parlait à personne. Personne ne rencontrait personne. Tous étaient seuls, coude à coude, comme au bordel.

À vingt heures trente, la cérémonie débutait selon une chorégraphie scrupuleusement détaillée. Ça commençait par un peu de cuisine : le nombre des nouvelles recrues, les nouveaux produits et services nécessaires à la progression vers le salut, etc. Ensuite, le Pontife choisissait une anecdote parmi les événements qui avaient occupé les médias cette semaine-là, n'importe quoi, un scandale politique ou le divorce d'une star, pour échafauder un autre prêche au sujet de la triste humanité. En partant du plus banal fait divers, il tricotait — une maille à l'endroit, une maille à l'envers — jusqu'à conclure pour une millième fois que tout était sale, vicieux et corrompu.

Alors sa colère se mettait à gronder. Son discours passait de l'intime au tragique. Ses mains se mettaient à trembler, son corps aussi. L'intensité des projecteurs diminuait lentement. Une fumée de glace sèche recouvrait le plancher progressivement. Un écho artificiel décuplait les effets de sa voix. Il se lançait dans l'élaboration de prophéties épouvantables, de plus en plus horribles d'une cérémonie à l'autre. Les cataclysmes étaient précédés de famines mondiales et suivis d'épidémies planétaires ; là où on trouvait la peste passait aussi la guerre. Dans les haut-parleurs, appuyés par des effets de son, les menus détails des derniers jours de l'humanité résonnaient comme un vacarme hallucinant. Le feu, les cendres chaudes et la grêle tombaient du ciel ; la terre tremblait ; les ouragans nivelaient les villes ; les océans avalaient les côtes ; les insectes et la vermine, comme sous la gouverne d'un général, transformaient des forêts entières en déserts et détruisaient les récoltes ; le bétail, partout sur terre, était fauché par un fléau mystérieux ; et toute cette charogne empoisonnait l'eau des rivières. Affamés et paniqués, les hommes prenaient les armes et se jetaient les uns sur les autres. Le sang coulait à flots et débordait des caniveaux. Les rues s'emplissaient de corps brûlés, putréfiés, décapités et démembrés sous lesquels criaient des enfants, suffoquant sous les cadavres. Puis les bêtes sauvages, affamées, envahissaient les ruines des villes. Les mourants expiraient lentement, baignés dans la bave des loups et des hyènes qui leur fouillaient les entrailles ; et les rares survivants finissaient par étouffer dans la puanteur atroce, au son des cris hystériques de babouins occupés à violer des cadavres. Partout sur terre, jusqu'au cœur du plus isolé des villages, hurlaient la mort et la rage comme une cantatrice beuglant la musique de Wagner.

Au pire des cataclysmes, l'assemblée était plongée dans une obscurité presque totale. On n'apercevait plus que les reflets d'une faible lueur rouge sur l'aube du Pontife.

Les Élus, à genoux, écoutaient dans un silence parfait, hypnotisés comme des badauds entassés autour d'une potence. Au-dessus de leurs têtes, la peur et l'horreur ondoyaient comme la chaleur qui fait louvoyer l'horizon au-dessus du bitume, l'été. Un démon glissait sur la foule comme une brume au ras du sol, grouillante de volutes et de petits tourbillons, au milieu desquels surgissaient des gueules béantes, de longues queues pointues et des crânes cornus, comme des formes dans un nuage. Alors la foule d'inconnus réunis sous cet horrible fantasme, autrement indifférents les uns aux autres en toute circonstance et en toute chose, devenaient soudainement comme des frères de sang, comme des soldats croupissant au fond d'une tranchée, sous le feu de la mitraille. Du coup, ils devenaient aussi intimes que des amants, dans l'horreur. Et ce sentiment étrange, ce goût de mort puissant dans la bouche d'hommes parfaitement moyens, ternes et ordinaires, rendait plausibles les prophéties qui résonnaient dans leur tête : « La fin du monde est proche... »

Et la certitude grandissante que le monde est sale...

Et l'envie du châtiment...

Et la cruauté des justes...

La dernière image apocalyptique du sermon finissait sur un point d'orgue... silence... On entendait les cœurs battre un moment. On rallumait les lumières. Une soufflerie chassait la fumée silencieusement. On entendait des sanglots étouffés. Alors, d'une voix adoucie mais ferme, le Pontife expliquait qu'au milieu de ce carnage, Dieu allait protéger les siens ; qu'Il allait déposer sur leur tête un voile léger et parfumé afin de les soustraire au spectacle de sa rage ; que ni les flammes, ni les bêtes, ni les fléaux ne les toucheraient ; et qu'au terme de sa colère, Il les ramènerait au ciel avec lui pour y vivre une éternelle félicité...

« Seuls les Élus seront sauvés. »

Un soupir de soulagement s'élevait de la foule ; et les Élus, excités comme des enfants qui descendent d'un manège — si près du salut —, se donnaient la main et s'embrassaient sur les joues.

On passait ensuite aux cérémonies de promotion. Quelques civils recevaient leurs aubes rouges, quelques aubes rouges leurs aubes marron et quelques aubes marron leurs aubes jaunes.

Une fois les cérémonies terminées, les Élus rentraient chacun chez soi sans s'attarder, chacun dans sa petite voiture. Ils s'en retournaient à leur petite maison souffrir leur petite vie. Mais tout cela n'avait plus aucune importance, car ils étaient sauvés ; ils le savaient au fond de leur cœur, et leur cœur était en paix.

La paix comme le fond d'un gouffre...

Sabine était un bébé chauve, gras et souriant comme le Bouddha. Avachie sur ses bourrelets de graisse, elle passait son temps immobile comme une quille, parfaitement indifférente. Les yeux mi-clos, étrangement silencieuse pour un bébé, elle laissait pendre ses bras de chaque côté de sa bedaine ronde et laissait les gens s'affairer autour d'elle.

Elle ne faisait que manger et dormir, inconsciente en apparence du monde. Mais si on posait un regard un peu soutenu sur elle, elle vous fixait subitement de tous ses yeux, comme si on l'avait touchée du doigt, comme ferait un chat impossible à surprendre. On découvrait alors d'énormes iris noirs, tout aussi immobiles que son corps potelé, si noirs qu'on ne pouvait distinguer la pupille de l'iris. Quand elle souriait, après les repas, les commissures de ses lèvres disparaissaient sous ses bajoues ; et son menton, en poussant vers le bas, faisait ressortir encore un autre bourrelet dans son cou. Elle était bourrée de bourrelets partout. Ceux de son cou lui tombaient sur les épaules, ceux de ses cuisses lui descendaient jusqu'aux mollets. Assise par terre, elle devait ouvrir les jambes pour laisser tomber sa bedaine. Même ses mains débordaient de chair. On aurait dit des prunes d'où sortait le bout de cinq petits doigts.

La nourrice donnait le sein chaque fois que Sabine le réclamait — elle le réclamait souvent — mais Sabine s'empiffrait aussi de viandes, de légumes et de fruits. Elle se bourrait la panse de riz, de dattes, d'amandes et de galettes, dévorant tout goulûment en poussant parfois avec son poing pour faire descendre la nourriture dans sa bouche. Une cuisinière travaillait sans relâche du matin au soir à lui préparer des purées, des crèmes, des mousses et du pain pour accompagner les rôtis, la volaille et les poissons qu'on lui servait dans de grands plats disposés sur le sol autour d'elle. Sabine, assise au milieu de ces victuailles, ramenait tout vers sa bouche avec ses mains, parfois ses pieds, si vorace qu'elle mâchait à peine sa nourriture. À chaque bouchée qu'elle engloutissait, un peu de la bouchée précédente lui giclait d'entre les gencives. Si on tardait à lui apporter de nouveaux plats, Sabine léchait la nourriture à demi mastiquée dont elle se retrouvait souvent couverte de la tête aux pieds. Elle dévorait ainsi jusqu'à ce que l'effort de la digestion se mette à saper son énergie. Ses mouvements devenaient plus lents, elle mastiquait au ralenti et ne déglutissait plus qu'avec peine puis elle tombait dans un état voisin de la transe. Les yeux mi-clos, un sourire absent sur les lèvres, Sabine planait. Des bulles de salive se gonflaient et éclataient sur ses lèvres à chaque expiration. Ponctuellement, elle sortait la langue pour se lécher le pourtour de la bouche, par réflexe. De profonds rots lui secouaient tout le corps.

La nourrice profitait de ces intermèdes pour la prendre sur ses genoux et la nettoyer avec de grandes serviettes chaudes et humides. Sabine, toute molle, laissait tomber ses bras et écartait les jambes en cambrant légèrement le dos. Elle soupirait profondément, grimaçait un peu en poussant des « hummmm » et des « ahhhhhhh » ; puis se laissait retourner sur les côtés et sur le ventre jusqu'à ce que sa nourrice vienne à bout de lui redonner apparence humaine. Alors Sabine grimpait le long du tchador de sa nourrice, déposait sa tête entre ses seins, plaquait son ventre contre le sien et commençait à téter distraitement le mamelon le plus proche. Sa digestion avancée, elle retrouvait peu à peu ses énergies. Elle tendait alors distraitement la main vers un des plats déposés autour d'elle, s'emparait d'une poignée de nourriture, lâchait le mamelon le temps de se remplir la bouche puis recommençait à téter, en déglutissant. La première bouchée avalée, elle en attrapait une autre, tétait un peu, puis en attrapait une autre encore jusqu'à ce qu'elle se réveille complètement. Elle se laissait ensuite glisser sur le ventre de sa nourrice, jusqu'au sol, entre les plats, et le cycle recommençait à zéro.

Toutes ses journées se déroulaient ainsi, jour après jour. On avait beau dire que cette enfant serait un jour la mère du

Mahdi, pour l'instant on était forcé d'admettre qu'elle n'était qu'un tube digestif.

Il y avait, au rez-de-chaussée de la maison du père de Sabine, une longue pièce presque tout en fenêtres qui donnait sur un jardin au bout duquel commençait le bidonville. C'était là que la nourrice avait installé un petit bureau pour recevoir les gens du ghetto, écouter leurs projets et payer les factures. C'était là aussi que Sabine vivait, c'est-à-dire mangeait. La ruelle qui longeait le jardin, assez déserte toute la journée, s'encombrait de passants vers la brunante, à la fermeture des marchés, juste avant la prière. À ce moment, Sabine se trouvait habituellement enfouie sous le tchador de sa nourrice épuisée, les bras croisés sous les fesses de l'enfant qui tétait ; et les gens qui les apercevaient depuis les fenêtres croyaient parfois voir une statue entourée d'offrandes.

En plus de manger comme un ogre, Sabine irradiait une vitalité contagieuse. C'était comme si son corps émettait une pulsation qui vibrait dans l'air autour d'elle. Et ceux qui s'approchaient de son corps sentaient leur rythme cardiaque ralentir et un calme étrange les envahir. En fait, elle guérissait les migraines, les allergies, les ulcères, les douleurs arthritiques et la dépression chez tous ceux qui passaient à l'intérieur d'un périmètre d'une centaine de mètres autour de l'endroit où elle posait ses fesses. Dans la ruelle devant la demeure du père de Sabine, les idées les plus noires s'évaporaient comme la rosée du matin, les griefs les plus anciens sombraient dans l'oubli et les douleurs somatiques disparaissaient comme par enchantement.

Peu à peu, les gens du bidonville remarquèrent cet étrange pouvoir ; et les rumeurs les plus grotesques se mirent à circuler. On parlait de ce boiteux qui, après avoir vu en rêve l'enfant lui embrasser le pied, ne boitait plus ; du tuberculeux que Sabine aurait touché du doigt, là, au bas du dos, et là aussi où se trouvent les poumons, et qui depuis ne toussait plus. On parlait du sourd qui l'aurait vue flotter dans les airs ; et de l'impotent qui l'aurait aperçue marchant sur l'eau d'une fontaine. On racontait n'importe quoi. Mais ces balivernes intriguaient beaucoup. Certains parlaient de sorcellerie…

Or, il y avait parmi les habitants du ghetto une vieille femme qui, disait-on, pouvait exorciser tous les démons qui vous accablaient, sauf ceux que vous aviez appelés sur vous-même. Pour ceux-là, prétendait la vieille femme, il vous fallait Allah. Ce partage de juridiction avait le double avantage de la protéger d'accusations d'hérésie et de faire porter le fardeau de la guérison, dans les cas difficiles, sur le patient plutôt que sur elle. Malgré tout, sa réputation s'étendait au delà des limites du bidonville; et on la consultait beaucoup.

Elle pratiquait son art depuis toujours. Cousus dans les plis de son tchador, se trouvaient des aimants, des morceaux de grimoires, des griffes de bêtes sauvages et, dans de petits flacons, du sable rouge, blanc et noir, et des mèches de cheveux qui témoignaient de son long parcours. Le moindre de ses mouvements était accompagné de cliquetis et de tintements. Autrement, elle parlait très peu.

Suppliée par les superstitieux, elle investit beaucoup d'efforts pour tenter de mettre à jour la véritable nature de Sabine et pour percer son secret. Elle interrogea différents jeux de tarots et consulta les astres; elle jeta du sucre et du sel sur les braises d'un four et écouta leurs crépitements; elle observa minutieusement les volutes de fumée d'un bâton d'encens auquel elle avait mélangé des calculs broyés, extirpés des voies biliaires d'un chat; elle coula du plomb dans le blanc de trois œufs de poule et étudia les figures que forma le métal en refroidissant; elle dessina d'étranges symboles sur le sol avec des graines et y fit picorer un coq. Après lui avoir fait boire une potion, elle chuchota des choses incompréhensibles à l'oreille d'un âne, le bannit dans le désert et attendit son retour tout un mois. Il ne revint pas.

Au terme de toutes ces manipulations et incantations, la vieille femme n'avait rien appris au sujet de Sabine, ce qui l'étonnait vivement. Alors elle s'arma de poudres, d'onguents et d'amulettes, puis traversa le bidonville pour aller voir l'enfant de ses propres yeux. Lorsqu'elle aperçut Sabine depuis la ruelle, qui s'empiffrait, toute ronde et enjouée sur les cuisses de sa nourrice, le même enchantement qui enveloppait tous les témoins de cette scène la fit sourire tendrement. Elle en oublia ses poudres et ses onguents.

« Ce n'est qu'une enfant ! déclara-t-elle ensuite aux superstitieux qui l'avaient pressée de se saisir de l'affaire. Les enfants sont ainsi, c'est tout ! »

C'était un peu court... Insatisfaits, les superstitieux cherchèrent ailleurs réponse à leurs questions. Mais Sabine, pendant ce temps, dévorait toujours des quantités étonnantes de nourriture ; et plus elle grossissait, plus l'effet radiant de sa présence se faisait sentir sur de grandes distances. Bientôt, ce fut le bidonville au complet qui baigna dans une joie paisible qui allégeait le fardeau du travail et le poids du regard d'autrui.

Les inquiétudes s'estompèrent.

Maintenant que tous ressentaient la joie simple et nourrissante de vivre près d'elle, la chose devint aussi banale que les miracles pourtant tout aussi inexplicables que le lever du soleil et le scintillement des étoiles... Personne ne s'interrogea plus sur la nature de Sabine après le jour où, ayant atteint huit kilos (à peine deux mois après sa naissance), sa présence se fit sentir sur toute la communauté.

Et Sabine, en sécurité au centre de ce cocon, s'empiffrait chaque jour davantage...

On pouvait aussi sentir sa présence bien au delà des limites du ghetto, mais de façon diluée, sans en ressentir les bienfaits. Il flottait dans l'air assez d'indices pour indiquer aux personnes attentives au croisement de quelle longitude et de quelle latitude Sabine posait ses fesses. D'ailleurs, lorsqu'elle eut atteint douze kilos, une jeune fille de vingt ans apparut devant les fenêtres du domaine d'où on pouvait voir l'enfant. Les deux mains sous son ventre rond, enceinte d'une trentaine de semaines, elle resta là, des larmes accrochées aux cils, jusqu'à ce que la nourrice la remarque et la fasse entrer.

C'était une étrangère ; et elle était fourbue. La nourrice lui fit préparer un bain et un repas, puis la laissa dormir un jour entier avant d'écouter son histoire.

La jeune fille avait marché depuis son village tout près de Djask, sur les rives du golfe d'Oman, à l'autre bout de l'Iran, sans savoir d'où lui provenait cette détermination à marcher et marcher, jour après jour. Un beau matin, vingt jours plus tôt, elle s'était simplement levée et avait pris la route. Étrangement, après un jour de marche vers le sud-sud-ouest, la conviction d'avancer dans la bonne direction devint plus forte que tout.

Au cours de ces longues journées, elle avait pensé continuellement au père de l'enfant qu'elle portait. Elle s'était sentie si coupable et avait eu si peur par moments qu'elle avait presque rebroussé chemin. Mais plus elle marchait, moins elle avait peur.

Elle connaissait peu son mari, mais le savait décent. Son père et ses frères avant lui l'avaient bien traitée aussi. Tous les hommes de sa vie en fait s'étaient senti envers elle un devoir de protection; et s'ils avaient été maladroits à l'occasion, elle les savait bien intentionnés. Elle les aimait tendrement.

Son mariage avait été un événement joyeux et, lorsqu'elle fut enceinte peu après, elle remercia le ciel d'être féconde. Elle passait d'ailleurs ses journées à remercier le ciel. Tout lui criait qu'elle était comblée. Mais au lieu de la joie qu'elle aurait dû ressentir, elle se sentait isolée, en proie à la confusion. Elle se voyait parfois en rêve bâillonnée, ligotée, enfermée au fond d'une cage; et ses cauchemars l'étouffaient. Toute sa vie lui indiquait qu'elle était heureuse, mais quelque chose d'obscur lui interdisait de vivre cette joie, un petit murmure insensé qui lui racontait que sa vie n'était pas là.

Elle se languissait de désirs qu'elle ne parvenait même pas à formuler et qui l'empêchaient de goûter quoi que ce soit.

Cette frustration constante l'écrasait de honte. Elle se sentait ingrate, mesquine et égoïste. Elle suffoquait, entourée de gens qui ne voulaient que son bien. Souvent, la nuit, elle se réveillait en sursaut, comme surprise par une présence. Confuse, elle inspectait la pénombre mais ne trouvait personne. Alors elle devait attendre le jour, égarée, incapable de trouver le sommeil et sans moyen de faire taire sa honte. Elle comprenait aussi que le temps n'arrangerait pas les choses. Sur cette voie, il n'y avait que la colère muette et la soumission servile.

Ce fut au moment où — sans qu'elle le sache le moins du monde — Sabine eut atteint douze kilos qu'elle trouva la force d'emballer quelques provisions, de griffonner une note à son mari et de prendre la route vers l'ailleurs qu'elle soupçonnait en elle.

Lorsqu'elle aperçut enfin le bidonville à l'horizon, elle sut qu'elle avait atteint son but, sans savoir pourquoi.

Cette histoire ne rassurait pas la nourrice. Elle avait eu conscience de l'agitation qui s'était emparée du ghetto à la mort du père de Sabine, et de cette histoire de Mahdi qui avait ramené la paix. Elle avait entendu la sottise des rumeurs des pouvoirs qu'on attribuait à l'enfant. Elle avait cru que le temps calmerait les gens. Mais cette jeune fille arrivait maintenant de l'autre bout du pays, comme pour se placer sous la protection de Sabine !

Et qui protégera Sabine ?

Reste qu'elle ne pouvait pas chasser la jeune fille...

On lui trouva un endroit où loger et quelques tâches à assumer afin qu'elle mérite la nourriture et les soins dont elle aurait besoin.

Le mari de la jeune fille devint fou de rage en lisant la note de son épouse. Humilié, il finit par se convaincre qu'il avait été trop permissif avec sa femme, qu'il payait aujourd'hui le prix de son erreur, qu'il devait maintenant la retrouver, la mettre au pas et se faire respecter d'elle. Il éteignit les fours de sa petite boulangerie, rassembla ses économies et partit à la poursuite de son épouse. Il la chercha d'abord chez sa famille qui habitait Zahedan, sans succès. La famille fut déconcertée d'apprendre la nouvelle. Pareils agissements devaient être punis, on en convenait. On lui conseilla donc d'aller chercher du côté de Chiraz où vivait sa sœur aînée. Elle ne s'y trouvait pas. Il rebroussa alors chemin jusqu'à Kerman, sur les conseils de la sœur aînée qui croyait qu'elle s'était peut-être réfugiée chez une tante. De là il se rendit à Yezd, puis à Ispahan avant de traverser le Dacht-e Lut jusqu'à Bizdjan, toujours sur les conseils que lui prodiguaient l'un ou l'autre des membres de sa famille, tous outrés par la fuite de la jeune fille.

Mais il tournait en rond. Et plus il tournait, plus il rageait. Et plus il rageait, plus grande devenait sa détermination. Il poursuivit ses recherches à Fardow, Dezful, Béhistoun, Mechhed, Sari, Babol, Tabriz, sur la trace du moindre indice, de la plus petite rumeur, courant d'une frontière à l'autre comme un poulet décapité. À Téhéran, il entendit finalement parler du bidonville. Un instinct (tardif) lui fit croire qu'elle s'y trouvait. Il prit donc le chemin du ghetto, bouillant de rage, déterminé à ramener sa femme à Djask dès le lendemain.

Mais plus il avançait vers le ghetto, plus sa rage se dissipait. La colère qu'il nourrissait depuis des semaines et les arguments qu'il avait échafaudés au cours de sa poursuite se disloquaient. Sa démarche se fit progressivement plus lente et le rictus haineux qui lui déformait la face se transforma en un sourire mélancolique. Lorsqu'il pénétra finalement dans l'enceinte du bidonville, il était parfaitement calme, presque absent. Il se dirigea comme un somnambule vers l'endroit où se trouvait Sabine.

La nourrice, en l'apercevant, comprit tout de suite qui était cet homme et fit quérir la jeune femme. Elle les installa dans l'une des pièces de la maison, au milieu des bureaux, des lits, des tapis et des tableaux qui traînaient là.

La jeune femme, sans détour, lui confia son besoin de solitude. Elle comptait accoucher au ghetto et ne retournerait vers lui que si elle en ressentait véritablement le désir et le besoin. Le pauvre homme n'y comprenait rien du tout. N'avait-il pas tout fait pour assurer son bonheur ? Sa femme lui répondit qu'elle devait trouver elle-même les sources de son bonheur et que, si elle découvrait qu'il était l'une de ses sources, alors elle reviendrait vers lui. Pour l'instant, elle lui demandait de partir.

Incapable de colère, l'homme quitta le bidonville.

À peine passée l'enceinte, par contre, et à mesure qu'il s'éloignait du ghetto, l'alchimie fragile de ce nouvel état d'âme se disloqua, comme s'était disloquée sa rage en s'en approchant. Il n'oubliait rien de sa rencontre avec sa femme mais, éloigné de Sabine, il ne parvenait plus à refaire l'équation qui aboutissait au sentiment complexe qui l'avait attendri le matin même. La colère et la rage reprirent progressivement le dessus et il fit brusquement volte-face pour s'en retourner vers le ghetto, déterminé de plus belle à faire valoir ses droits sur sa femme et sur l'enfant qu'elle attendait de lui. Mais, plus il se rapprochait du bidonville, plus il retrouvait l'étrange sentiment. Alors il s'en retournait vers Téhéran, seulement pour faire demi-tour un peu plus loin, avant de faire volte-face encore, pour refaire demi-tour à nouveau sur son chemin... Et encore... Et encore... Des jours durant...

Ses frères, inquiets de son absence prolongée, partirent à sa recherche. Ils le trouvèrent réduit au délire, marmonnant des propos disloqués, assis au milieu du sentier qui reliait le ghetto à Téhéran.

Ils le ramenèrent avec eux.

Entre-temps, Sabine avait pris un kilo, ce qui n'arrangeait pas les choses. Et elle grandissait toujours, rien ne pouvait empêcher cela. Elle en était à faire ses premiers pas. Sa nourrice l'aidait à se redresser et lui tenait les mains en la tirant doucement vers elle pour lui faire faire un pas en avant. Alors Sabine faisait un premier pas, puis un autre ; mais elle était si grosse pour sa taille que quelques pas suffisaient à générer un élan, une inertie, comme pour un coureur. Cet élan l'entraînait vers l'avant jusqu'à lui faire perdre l'équilibre. Alors elle tombait et roulait par terre jusqu'au mur, ce qui la faisait rire aux éclats. La nourrice l'aidait à se relever, lui reprenait les mains et Sabine finissait à plat ventre contre le mur opposé. Malgré tout, avec le temps, elle vint à bout de maîtriser son équilibre et de marcher, en tanguant au début, puis avec beaucoup d'agilité. Elle gambada bientôt à travers le domaine, ses jardins et ses fontaines, pour y découvrir mille et une choses qui la faisaient éclater de rire jusqu'aux larmes.

Tous les jours, des femmes de tous âges et de toutes conditions arrivaient au ghetto depuis les villes et villages d'Iran, d'Iraq et d'Arabie saoudite ; et d'aussi loin que l'Afghanistan, l'Inde et le Maroc. Fatiguées et confuses au terme d'un long et périlleux voyage, incapables de s'expliquer pourquoi elles avaient quitté leurs familles, elles se retrouvaient désarmées aux portes du bidonville. On les recevait, une à une, pour les intégrer aux activités du ghetto, selon leurs talents et leur santé.

La gestion de cette migration massive occupait les journées de la nourrice. Au moins la moitié de ces femmes ne parlaient pas le perse ; mais ses quelques notions d'arabe se développèrent rapidement, et avec un peu de français appris sur le tas, elle arrivait à se faire comprendre de toutes. Elle se demandait souvent ce qu'elles pouvaient bien avoir en commun sinon que d'être femmes, et d'être là. Elle s'inquiétait particulièrement des maris, des frères et des pères, des centaines, des milliers d'hommes que ces femmes avaient abandonnés.

Parfois, il en arrivait un. Il marchait, l'air ahuri, dans le dédale du bidonville ; finissait par trouver Sabine près d'une fontaine ou à un carrefour ; la regardait quelques minutes en silence puis s'en retournait.

Ce que la nourrice ignorait, c'est que dans un périmètre d'une quinzaine de kilomètres autour du ghetto, le reste des maris, des pères et des frères de ces femmes s'épuisaient à tourner en rond, déchirés entre les sentiments de haine et d'amour qui se disputaient tour à tour leur esprit. Partis à la poursuite de leurs femmes, ils finissaient par s'effondrer comme des pantins désarticulés avant d'atteindre le bidonville. Il y en avait partout, à l'est et à l'ouest, au nord comme au sud.

Si bien peu d'hommes se rendaient jusqu'au ghetto, c'est que Sabine bougeait désormais beaucoup et que les limites de son territoire étaient devenues mobiles. Si elle marchait vers le nord, les hommes au sud du ghetto perdaient sa lumière, comme si on avait tiré un tapis sous leurs pieds, alors que ceux au nord du bidonville, dont elle se rapprochait, se sentaient subitement envahis d'un amour renouvelé. Les premiers rassemblaient donc leurs forces et s'en allaient réclamer leurs femmes, tandis que les seconds, docilement, reprenaient le chemin de leur village. Mais si Sabine, pour une raison ou une autre, rebroussait chemin, alors les hommes lancés à l'assaut du ghetto s'arrêtaient net sur leurs pas, confus, tandis que les autres bouillaient de rage à nouveau.

Ces brusques changements d'humeur épuisaient les hommes longtemps avant qu'ils atteignent le ghetto.

Lorsqu'on venait parfois secourir l'un d'eux, on trouvait un fou agité qui passait inexplicablement de la rage à la joie, sans le moindre indice de ce qui pouvait bien provoquer ces élans contradictoires. Si Sabine, dans un des jardins du domaine, chassait à ce moment un papillon, alors l'homme passait d'un état à l'autre, puis revenait à l'état d'avant si radicalement et si souvent en une seule minute que les gens venus le chercher étaient contraints de l'assommer pour le ramener avec eux.

Il n'y avait que le soir, quand Sabine dormait et que les limites géographiques de son pouvoir se stabilisaient, que les hommes retrouvaient la frontière exacte de son territoire pour s'y effondrer de fatigue et de confusion, dans un état presque comateux.

Les femmes, elles, pouvaient passer et repasser sur les limites du territoire de Sabine sans subir ces violents mouvements d'humeur, seulement un peu de mélancolie, comme lorsqu'on prend la route ou qu'on revient de loin. Il y avait quelques hommes aussi, rares, qui réussissaient cet exploit. Ceux-là étaient rarement à la poursuite de leur épouse. Ils venaient voir la mère du Mahdi. Ils étaient peu nombreux, souvent timides et invariablement respectueux. Mais leur apparition inquiétait beaucoup la nourrice.

La prophétie du vieillard avait dépassé les limites du bidonville...

Aux alentours de vingt kilos, Sabine devint coquette. Elle paradait pour montrer une longue chevelure soyeuse où les reflets roux ondulaient à chaque mouvement de sa tête. Sa peau basanée semblait irradier de la chaleur et ses yeux noirs lui donnaient la prestance d'une statue. C'était une enfant d'une beauté extraordinaire ; et les femmes du bidonville lui confectionnaient de petits tchadors, des hijabs et des manteaux ; mais aussi des robes, des kimonos et des vestes à capuchon, chacune à la mode de son pays d'origine, pour les lui offrir en cadeau. On lui taillait aussi dans le meilleur cuir des pantoufles, des chaussons, des sandales et des souliers décorés de perles de bois, de sequins de cuivre et d'argent. On lui fabriquait des colliers, des bracelets, des bagues, des boucles d'oreille et des anneaux. Sabine en était ravie. Elle changeait de costume plusieurs fois par jour. Elle devenait tour à tour afghane, ukrainienne, persane, indienne ou chinoise et se promenait ainsi dans les ruelles, imitant les façons des femmes habillées comme elle d'une fois à l'autre.

La démographie du bidonville avait radicalement changé depuis que Sabine avait atteint vingt kilos. On comptait maintenant trente femmes pour chaque homme. Il y avait des ventres, des seins, des hanches et des fesses de femmes partout, jour et nuit. On pouvait entendre ces femmes rire en pleine rue et en plein jour ; et les apercevoir en groupes de trois ou quatre, bavardant de choses et d'autres. Elles se rencontraient aux bains, enveloppées de grandes serviettes, ou simplement nues, étendues sur la céramique. La lumière crue, qui entrait par de petites ouvertures à la jonction des murs et du plafond, donnait du volume aux corps et de la soie aux chevelures. Les vapeurs d'eau les enveloppaient de secrets en diffusant la lumière et en étouffant les sons. On aurait dit une bande de lionnes, après la chasse. L'air du bidonville était saturé d'odeurs de peau de femme, de sueurs de femme, de sexes de femme, de chevelures de femme. Tout vibrait du rire et des chuchotements des femmes. Les ruelles n'étaient plus qu'une mosaïque d'empreintes de pas de femmes. Le bidonville n'était plus qu'un ventre de femme où les hommes, complètement dépassés par les événements, vivaient un peu gagas.

Par la simple force du nombre, l'administration du ghetto tomba complètement sous le contrôle des femmes. Les murmures devinrent des projets et, avec l'assentiment de la nourrice, elles augmentèrent la superficie des terres irriguées; entreprirent l'élevage de troupeaux de chèvres et de moutons; mirent sur pied des ateliers afin de transformer les peaux, la laine et le grain en une foule de produits dont le succès commercial s'imposa à l'intérieur comme à l'extérieur du bidonville. Cette prospérité leur permit de venir en aide aux familles les plus nombreuses ou éprouvées, de faire construire une école, une somptueuse mosquée, des parcs aménagés de façon qu'une seule femme puisse garder des dizaines de bambins à l'œil. Elles entreprirent aussi de rénover les taudis. Des matériaux furent distribués et la multiplication des corvées permit de remplacer les cabanes de planches aux toits de tôle ondulée par des constructions de briques. On multiplia aussi les points d'eau, les bains et les fontaines. Et le ghetto se transforma en un village autonome qui ne dépendait plus des richesses du père de Sabine.

Heureusement, car sa fortune s'était volatilisée.

Les tuteurs de la fortune du père de Sabine avaient multiplié les erreurs. Et à chacune de leurs restructurations coûteuses qui n'avaient mené nulle part, ils s'étaient récompensés des déficits encourus par de généreuses augmentations de salaire. Quelques années avaient suffi à gonfler les coûts d'exploitation largement au delà des bénéfices encaissés. Quand les réserves furent épuisées, personne ne tenta de remettre l'entreprise à flot. Ils déclarèrent faillite.

Les femmes du bidonville, désormais autonomes, généraient maintenant leurs propres surplus de richesse, que la nourrice redistribuait en grande partie par le biais de salaires.

Ce système n'en était pourtant pas un. Établie spontanément, dictée par les nécessités et le sens commun, cette façon de faire ne dépendait ni d'institutions, ni de lois, ni d'aucune police pour sa promotion et pour le maintien de son intégrité. Mais, plus que la sécurité que leur procurait le travail, les femmes trouvaient une identité commune dans leur appartenance au bidonville ; et cette identité nouvelle supplanta progressivement celle que leur avaient procurée le tchador et le voile. Elles vivaient désormais sous la protection d'un voile plus grand qui cernait les limites de leur village et que les hommes ne pouvaient traverser sans perdre l'esprit. C'était un rempart invisible, immatériel, qui les protégeait des regards sans les masquer entre elles. Dans les ruelles et aux bains, elles murmuraient qu'elles avaient enfin découvert le véritable voile promis par le Prophète, celui dont l'archange Gabriel avait dû lui parler à l'oreille. Derrière ce voile, elles pouvaient suspendre les liens utiles et nourriciers que la nature les obligeait à entretenir avec le monde et qui parfois leur pesaient. Sous ce tchador immense, ce lieu vierge, elles se découvraient nues et uniques pour la première fois, avant d'être épouses et avant d'être mères, avant d'être vues de qui que ce soit. Débarrassées de la cuirasse de coton noir, elles s'inventaient des vêtements colorés. Les femmes mariées fondaient les bijoux de leur dot pour se fabriquer des ornements personnels, qu'elles dessinaient avec soin et portaient comme des symboles. Les femmes célibataires travaillaient l'étain, le cuivre, le fer, la céramique et la pierre pour se faire des bracelets, des colliers, des bagues et des boucles d'oreille qu'elles portaient tout aussi fièrement.

Chacune avait son style et son visage.

Les hommes du ghetto, bien que médusés par ces transformations, étaient incapables d'indignation et de colère. De tels sentiments, de toute façon, n'étaient plus possibles dans un rayon de cinquante kilomètres depuis que Sabine, toute grouillante de vitalité, avait atteint trente kilos. Pour tout dire, ils vivaient heureux. La femme est le corps de l'islam, leur avait-on enseigné, et jamais ce corps n'avait été si chaud, si doux, si fécond de promesses. Leurs visages, sculptés par la pauvreté et la tradition, apprenaient l'art du sourire timide et du regard attendri, développaient de nouveaux muscles. On avait rarement vu de tels visages d'hommes sur les places publiques. Les femmes s'en étonnaient et y découvraient plein de nouvelles possibilités...

La première jeune femme à avoir répondu à l'appel de Sabine avait accouché depuis d'un garçon. Tout chez cet enfant lui rappelait le père. Et chaque fois qu'elle voyait un couple flâner — et dernièrement elle en voyait beaucoup —, le souvenir de son mari s'imposait à elle.

Et le trouble du désir aussi.

Dès que son fils eut percé ses premières dents, elle se confectionna un harnais de voyage, fit ses salutations à Sabine et à sa nourrice et entreprit le voyage de retour. Elle désirait revoir son mari.

Arrivée aux limites du rayonnement de la présence de Sabine, elle se couvrit de nouveau de son tchador et réintégra le monde des hommes.

Son mari ne l'attendait pas. Depuis son retour, il avait perdu le goût du travail et de la société. Il faisait le même cauchemar, nuit après nuit : il marchait seul dans un désert, d'un pas rapide, sans connaître sa destination. Soudainement, une dizaine d'hommes bondissaient de nulle part et s'emparaient de lui. Il se débattait de toutes ses forces, frappait à coups de pied et à coups de poing ; mais aucun de ses coups ne portait. Au bout d'un moment, meurtri et épuisé, il s'effondrait. Alors ses agresseurs le remettaient sur pied et, bras dessus, bras dessous, de la meilleure humeur qui soit, l'escortaient en direction opposée. Il marchait avec eux le temps de reprendre son souffle, puis, à la première occasion, faisait subitement volte-face. Mais les hommes se relançaient aussitôt à sa poursuite et le terrassaient rapidement au sol. Tout recommençait alors, encore et encore, jusqu'à son réveil. Et il se réveillait fourbu, l'estomac noué, sans appétit.

Lorsque sa femme apparut dans l'embrasure de la porte, avec son fils dans les bras, il mit du temps à la reconnaître. Mais il l'accepta quand même en sa demeure. Ses voisins ne ratèrent pas une occasion de lui suggérer les châtiments qu'elle méritait et qu'il était en droit de lui faire subir ; mais il s'abstint de sévir. D'abord, il était attendri par son fils ; ensuite, quelque chose lui disait que sa femme détenait la clé pour le libérer de ses cauchemars. Il aurait accepté qu'elle reparte plutôt que de la battre. Il aurait eu l'impression de se passer lui-même à tabac, et il avait déjà assez souffert comme ça.

Ils mangeaient ensemble tous les soirs. Après quelques jours, la jeune femme se mit à lui parler de plus en plus librement de son séjour au bidonville, de l'enfant Sabine, des amitiés de femmes et du désir qu'elle avait ressenti de le revoir, si fort qu'elle avait quitté tout cela.

Il l'écoutait, la questionnait, et c'était comme s'il se laissait glisser sous la surface d'un lac. Ce sentiment provoquait parfois de véritables instants de panique. Il perdait ses repères, sa propre identité semblait lui échapper. Mais ce n'était que le masque et c'était moins douloureux que les cauchemars.

Dans cet espace étrange et intime où l'entraînaient la voix et les récits de sa femme, il se sentait nu et vulnérable. C'était un homme fort et grave parmi les siens, mais devant elle les balises changeaient. Et ce n'était pas un rapport de force, car, en parlant ainsi, elle se révélait tout aussi nue et fragile…

Parce que c'était la seule issue, il lui tendit la main. Elle le précéda dans la chambre et ils couchèrent ensemble pour la première fois depuis son retour. Ce fut comme un exorcisme. Ils n'avaient jamais fait l'amour auparavant.

Pour chaque femme qui quittait le bidonville, une autre arrivait et prenait sa place. La démographie du ghetto restait donc inchangée et l'étrange alchimie continuait. Les femmes convergeaient vers Sabine, comme le sang vers les poumons. Ce n'était plus qu'une question de temps avant que l'Orient au grand complet fût tout à fait transformé par sa simple présence…

Lorsque Sabine atteignit quarante kilos, une chose étonnante survint : elle se mit à pousser à la verticale et à articuler des mots. Il fallut d'abord refaire tous ses costumes, qui avaient été prévus pour une expansion horizontale, et lui apprendre à parler un langage cohérent. À longueur de journée, sous le regard médusé de Sabine, la nourrice s'employait à montrer chaque chose qu'elle nommait, en articulant lentement. Et Sabine, les sourcils froncés, répétait lentement, en s'applaudissant à chaque son reproduit. Rapidement, elle sut articuler des phrases simples ; et, du jour au lendemain, sembla-t-il à la nourrice, elle maîtrisa complètement la langue persane. Désormais, lorsqu'elle se baladait dans les ruelles du ghetto, costumée en Indienne ou en Marocaine, elle invitait les femmes au même jeu qu'elle cultivait avec sa nourrice. De cette façon, elle trouva une Libanaise pour lui apprendre le français, une Afghane qui, en plus de sa langue maternelle, connaissait aussi le cantonais, une Pakistanaise qui maîtrisait l'anglais, une Iranienne qui parlait bien le russe ; et, assise sur les genoux de ces femmes et de bien d'autres, Sabine apprit à parler ces langues ainsi que l'italien, l'espagnol, l'allemand, l'hébreu, l'hindi et une dizaine de dialectes africains. Des heures durant, elle écoutait parler ses tutrices en scrutant leur visage fixement. Sa petite moue studieuse et les costumes colorés qu'elle changeait selon la langue qu'on lui parlait touchaient droit au cœur, et on lui accordait volontiers beaucoup de temps.

Devant cet appétit féroce, la nourrice entreprit de lui raconter l'histoire de son peuple, telle qu'elle l'avait découverte dans la maison du mollah. Le soir, elle gardait Sabine près d'elle et, à la lueur d'une lampe, détaillait le fracas des triomphes et des gloires éphémères qui ont façonné le visage de l'Iran, depuis la Perse ancienne. Sabine écoutait attentivement et se couchait tous les soirs la tête pleine de ces contes. Elle apercevait en rêve la naissance et l'effondrement des empires, pour se réveiller au matin troublée et perplexe par l'apparente immobilité du monde autour d'elle. Tout semblait pourtant immortel et permanent : le sol, le ciel, les gens. Elle ne discernait pas les traces des Mèdes, des Séleucides, des Sassanides, des Omeyyades, des Turcs et des Mongols que la nourrice faisait se succéder de guerre en guerre. Pourtant, la nuit, elle voyait Cyrus II, Alexandre le Grand et Gengis Khan, couverts de sueur et de sang, prendre des fortifications d'assaut en entraînant des milliers d'hommes avec eux. Parfois, l'odeur des massacres et des saccages l'enveloppait comme un brouillard. Alors elle se réveillait dans la pénombre, tout agitée, et le monde, de nouveau, devenait immobile et permanent.

Peu à peu, son regard changea profondément. Elle cherchait derrière chaque chose son origine, sa cause et sa course. Dans son esprit naissant, le monde s'affirmait comme empreint de mouvement et de mouvance, chaque geste y résonnait de conséquences et se poursuivait dans le temps. Rien n'est vierge d'un passé. Tout court vers l'avant. Le temps habite et nourrit la chair autant que le sang.

La conscience de l'histoire avait, en plus des réflexions précoces, un effet singulier sur Sabine. Elle devenait plus lourde... Le conte de l'Iran à lui seul lui donna dix kilos de plus. Elle restait une enfant élancée aux gestes fluides, mais sa chair se faisait plus dense, plus pesante ; et l'effet de sa présence sur terre en était proportionnellement grandi. Tout vibrait encore plus fort autour d'elle après le récit de l'histoire de l'Iran. Les femmes arrivaient d'encore plus loin pour demander asile et protection et les limites du village durent être repoussées pour les accommoder.

Proportionnellement encore, le territoire de protection que leur fournissait Sabine avait tant grandi et les hommes s'effondraient si loin du bidonville désormais que nul n'aurait pu faire de lien entre l'existence de Sabine et le sort de ces hommes en colère. Et Sabine ne se lassait pas des révélations de sa nourrice.

S'y prenant de la même façon que pour apprendre les langues, elle trouva une Irakienne pour s'empiffrer de l'Iraq depuis Babylone jusqu'au traité anglo-irakien ; une Libanaise pour se gaver du Liban depuis Byblos et Berytos jusqu'à la guerre civile. Elle avala aussi l'Égypte depuis l'érection de la pyramide de Gizeh jusqu'à Nasser, l'Inde de Bouddha jusqu'à Gandhi, la Tunisie depuis Carthage jusqu'à la proclamation de la république, la Chine de la dynastie des Xia jusqu'à la mort de Mao, toute l'Europe depuis Rome jusqu'au pacte de Varsovie et les Amériques depuis les Mayas jusqu'au président Carter.

L'histoire du monde s'accumulait dans sa chair, parfois en symboles et en légendes, parfois aussi en détails minutieux ; et elle devint si lourde que ses pieds s'enfonçaient dans le sable jusqu'aux chevilles lorsqu'elle marchait hors des sentiers.

Malgré la densité de sa chair, malgré son poids, Sabine poussait. Elle était devenue une fillette élancée, et les formes de son corps s'esquissaient déjà. Un matin qu'elle préparait le thé, la nourrice l'aperçut du coin de l'œil glissant une main dans ses longs cheveux pour les faire tomber, d'un geste distrait, en torsades entre ses omoplates. La nourrice en fut stupéfaite. Elle sentit comme la morsure d'un poignard dans sa chair.

Comme elle était belle !

Elle s'était efforcée de ne pas le remarquer, mais des odeurs de fruits et d'épices flottaient dans son sillage ; et chacun de ses mouvements ressemblait à une danse, et le moindre de ses sourires trouvait sans effort le chemin des cœurs. La nourrice en avait le souffle coupé. Elle eut peur aussi ; et la tentation de la cacher, de la voiler, de la couvrir d'un lourd tchador fut presque irrépressible.

Des hommes arrivaient encore au ghetto de temps à autre pour voir de leurs yeux la mère du Mahdi dont ils avaient entendu parler. La nourrice comprenait maintenant la lâcheté de cette hérésie et le prix qu'il faudrait un jour payer pour la paix artificielle qu'elle leur avait procurée. Le Mahdi ! Sabine, en devenant nubile, deviendrait publique ; et qui sait les arrogants qui défileraient alors aux portes du bidonville, tous

convaincus de la divine importance de leur semence, pour
réclamer le ventre de sa protégée. C'était une bombe à retar-
dement. Et les femmes, ses tutrices, qui s'empressaient autour
d'elle, semblaient reproduire involontairement une danse
rituelle, une étrange cérémonie, le sacre d'une vierge promise.

Dès lors, la nourrice se prépara au pire. Elle fit des réserves d'argent ; et à chaque femme qui quittait le bidonville
pour s'en retourner dans son pays lointain, elle demandait
désormais ses coordonnées afin de pouvoir la retrouver, se
formant ainsi un vaste réseau grâce auquel elle pourrait fuir
avec Sabine si l'exil devenait nécessaire.

Sabine ne partageait pas les préoccupations de sa nourrice. Ses hanches s'étaient affirmées et ses seins avaient
poussé ; et l'éclosion de son corps la prenait entièrement. Le
matin et le soir, seule dans sa chambre, elle n'avait qu'à s'étirer entre les draps pour que le simple frottement du tissu
contre sa peau lui tire des soupirs. Si elle arrivait à sortir du
lit, la sensation de ses cheveux glissant contre son dos et sur
ses fesses achevait de la troubler. Alors elle se caressait doucement les seins, curieuse. Avec un peu de salive, elle
mouillait l'intérieur de ses lèvres, son clitoris et le contour de
son anus. Elle fermait les yeux et imaginait un homme. Elle se
couchait sur le ventre, relevait les fesses et imaginait ses
mains fortes sur ses hanches et le souffle court de son haleine
sur ses épaules. Elle bougeait langoureusement les hanches
en enfonçant ses doigts profondément dans son vagin, la
bouche entrouverte, et s'abandonnait aux fantasmes des sons,
des odeurs, des saveurs et des sensations du sexe, jusqu'à ce
que tout son corps se contracte, se cambre et tremble sous l'assaut d'un orgasme.

Puis elle flânait, pensive.

Parfois elle s'installait devant un grand miroir pour inspecter son corps. Elle s'asseyait par terre et ouvrait les jambes
pour exposer son sexe. Avec les doigts, elle écartait ses lèvres
pour dégager l'entrée de son vagin. Elle était fascinée de
découvrir le monde si étroitement lié à la passion et au désir.
« C'est d'ici que procède le monde. C'est d'ici, se disait-elle,

qu'ont surgi tour à tour Cyrus II, Alexandre le Grand, Gengis Khan, Jules César et les autres. C'est par ce passage étroit et intime que les hordes fanatiques et les régiments disciplinés de ces tyrans sont apparus avec leurs chevaux et leur chars, lancés sur des trajectoires de collision. C'est d'ici que sont venus les constructeurs de temples et de cathédrales. C'est d'ici que sont apparus les prophètes. C'est par ici que passe tout ce qui doit mourir, comme l'eau d'une source. »

La chair et le sang d'abord.

Depuis la naissance de Sabine, l'ancien maître de sa nourrice, le mollah, en exil à al-Nadjaf d'abord et à Paris ensuite, avait observé l'Iran qui glissait d'entre les mains de la monarchie. Entouré d'une poignée de fidèles, appuyé en Iran par un réseau de sympathisants, il avait réussi à canaliser au fil des ans l'opposition aux réformes du shah, et son leadership était suffisamment affirmé désormais pour qu'il fasse circuler ses sermons partout en Iran. Il les faisait parvenir à ses amis sous forme d'enregistrements, et sa voix résonnait ainsi dans les mosquées pour annoncer sa révolution et exciter la populace. On sentait sa présence partout. Il était l'Iran humilié. Il était l'islam bafoué.

L'autorité du shah vacillait. Sa police subissait des attaques dans les rues. Ses alliés se faisaient de plus en plus discrets. Mais si personne au pays n'ignorait que la monarchie vivait ses derniers moments, personne, même parmi les plus puissants, n'avait le pouvoir de donner de nouvelles assises aux institutions politiques une fois que celles-ci se seraient effondrées. Si la monarchie sombrait, elle laisserait derrière elle un vide où l'anarchie et les guerres civiles s'installeraient et épuiseraient l'Iran jusqu'à ce que les Russes et les Américains viennent se le disputer pour le pétrole et pour leurs besoins stratégiques. Pour cette raison, les plus lucides préparaient dans la coulisse le retour du mollah en exil. Même s'ils ne partageaient pas ses idées, même s'ils y voyaient une terrible régression, ils étaient forcés d'admettre que seuls les mollahs pouvaient protéger l'Iran après la chute de la monarchie. Les mollahs possédaient la légitimité, aux yeux du peuple, de gouverner.

Ce n'était plus qu'une question de temps…

Mais si les alliés forcés du mollah ne voyaient dans l'islam qu'une justification du pouvoir politique, le mollah, lui, comprenait la politique comme un instrument subordonné à l'islam. On se regroupait autour de lui, mais il n'était que la foi de son peuple. Il n'était que soumission. Il n'avait de désir que l'obéissance aux lois de son Dieu. L'obéissance de tous.

La gloire serait religieuse avant tout.

Mais si près de la victoire, une chose agaçait le mollah en exil : la rumeur étrange de la venue prochaine du Mahdi. Il y avait peu d'adhérents à cette hérésie, lui disait-on, mais leur nombre semblait croître. Et si l'impact de ce mouvement messianique sur ses projets républicains était difficile à mesurer maintenant, il n'était pas impossible qu'il eût des conséquences dans le temps. La chose semblait absurde, mais le mollah en exil s'en inquiétait quotidiennement. Et toutes microscopiques que fussent les rumeurs qui circulaient au pays, il ne pouvait supporter l'idée de voir un jour la ferveur pieuse de son peuple divisée en deux.

Une fois revenu en Iran, il se ferait donc amener cette fille, il l'épouserait et la féconderait lui-même. Si le ventre de cette enfant cachait une promesse divine, ce ventre lui appartiendrait. Si cette fillette devait être la mère du Mahdi, alors lui en serait le père et le gardien…

# TROISIÈME PARTIE

# La fin du monde

Et l'ange que j'avais vu se tenir sur la mer et sur la terre, leva sa main droite vers le ciel, et jura [...] qu'aux jours de la voix du septième ange, quand il sera sur le point de sonner de la trompette, le mystère de Dieu aussi sera terminé, comme il en a annoncé la bonne nouvelle à ses esclaves les prophètes.

Apocalypse, 10 : 5-7

Convaincu que ses jours étaient comptés, le shah d'Iran vida les coffres et prit la fuite. Sa garde personnelle et sa police, laissées derrière, désertèrent le palais royal, abandonnèrent leurs armes et leurs uniformes pour se fondre dans la foule, anonymes. Tous ceux qui avaient publiquement appuyé les réformes, tous ceux qui s'étaient opposés au mollah en exil abandonnèrent leurs usines, leurs entrepôts, leurs magasins, leurs banques et traversèrent les frontières, laissant au nouveau régime le soin de faire le partage du butin.

Alors le retour du mollah fut annoncé.

Le peuple investit les rues. Des étudiants de l'université de Téhéran prirent d'assaut l'ambassade américaine et retinrent le personnel diplomatique en otage. Des hystériques firent la chasse aux anciens policiers du shah. Plusieurs furent tués. Les femmes qui osèrent sortir sans le tchador se firent battre, certaines furent violées, d'autres furent mutilées, aspergées d'acide en plein visage. Partout, on hurlait les slogans de la révolution, et près de un demi-million d'Iraniens se massèrent à l'aéroport pour voir se poser l'avion du mollah.

Au bidonville, la nourrice vomissait ses entrailles. Son ancien maître revenait... Elle ressentait déjà la force de sa révolution comme une main sur sa gorge. Tout ne serait plus que guerre et rhétorique désormais.

Malgré la présence de Sabine, les femmes prenaient la fuite. Elles s'en retournaient en Iraq, en Afghanistan, en Arabie saoudite, en Jordanie, au Pakistan, au Liban, en Algérie...

C'était précisément le genre d'événement à faire ovuler une Sabine.

Seule dans sa chambre, elle se sentit enveloppée d'une chaleur étrange. Pour chasser sa nervosité, elle attacha des grelots à ses chevilles et ses poignets, et se mit à danser, comme sa nourrice le lui avait enseigné. Elle bougea d'abord les bras pour faire tinter les grelots et pour installer un rythme. Ses épaules et son ventre, presque animés d'une volonté propre, répondirent aux tintements en s'étirant d'abord lentement pour se relâcher d'un seul coup, comme la corde d'un arc. Ce geste brusque activa les grelots de nouveau et anima les hanches de Sabine qui firent résonner de nouveau les grelots. Bientôt un rythme lancinant, qui grandissait progressivement en vitesse et en complexité, s'empara du corps de Sabine. Elle s'y abandonna, laissant ses membres se répondre entre eux.

Tout son corps ondulait et se cambrait, souple et fluide comme une banderole au vent. Elle bougeait nue sous sa robe ample. Les contours de ses petits seins, de son ventre, de ses hanches et de ses jambes apparaissaient tour à tour moulés contre l'étoffe, pour disparaître aussitôt dans les plis de son vêtement, au rythme des grelots. On aurait dit un petit animal se débattant dans son œuf. Les ornements colorés de sa robe et ses cheveux soyeux s'animaient dans l'air autour d'elle comme les serpents de Méduse. Sa peau dégageait des odeurs d'encens et sa respiration, profonde et haletante, ajoutait aux tintements des grelots une basse obstinée qui montait en crescendo.

Peu à peu, comme ce fut le cas pour sa mère, la mère de sa mère, et la mère de sa mère de sa mère avant elle, Sabine sentit sa conscience, avalée par sa propre chair, aller se blottir au creux de son utérus. Comme elles, Sabine contempla au revers de son épiderme la marque de toutes ces femmes, venues au monde l'une à la suite de l'autre pour aboutir à elle. C'était comme une série de vitraux colorés qui s'étirait très loin dans le temps, comme une généalogie. Elle y voyait l'ovulation de sa mère sur les ruines d'Hiroshima, celle de sa grand-mère le jour où Mussolini devint le *duce*. Mais contrairement à ses mères, cette généalogie lui apparut plus claire et plus grave qu'elle ne le fut pour toutes les autres.

Elle revit, par l'ovulation de son arrière-grand-mère, le jour de l'assassinat du tsar Alexandre II ; et ainsi, d'une fécondité à l'autre, la fondation de la première Internationale, les guerres anglo-afghanes, la décapitation de Louis XVI... Les images se succédaient comme une spirale qui s'accélère et semblaient si réelles qu'elle croyait y être. Dans sa chair, il y avait aussi le tonnerre des canons et des hurlements. Et chaque nouvelle image s'ajoutait aux précédentes, imprégnant tant de force à sa danse qu'elle sentait les mouvement giratoires de ses hanches lutter avec la lune pour la domination des marées.

Ses pieds ne frôlaient plus le sol que légèrement. Son corps frissonnait de gémissements alors que dans son ventre se récapitulaient la dictature de Cromwell, le massacre de la Saint-Barthélemy, l'exécution de Jeanne d'Arc, chacune des sept croisades, le sacre d'Hugues Capet, le pillage de Saint-Pierre de Rome, les conquêtes arabes, la chute de l'empire romain occidental, la mort de Mahomet, la mort de saint Augustin, la persécution des chrétiens, l'assassinat de Sévère Alexandre, la destruction du temple de Jérusalem, la crucifixion de Jésus, sa naissance, l'assassinat de Jules César, les guerres puniques, la mort de Socrate, la destruction de Thèbes jusqu'à la fondation de Rome, et la première ovulation de la mère de toutes les mères de Sabine.

La première...

La spirale mnémonique qui avait entraîné Sabine si loin dans le temps ralentit et la déposa aux portes de Rome qui, à cette époque, n'était qu'un petit village, ceinturé d'une palissade de bois. Rien ne laissait paraître l'empire qui y naîtrait, que les ravages des combats autour de ses murs. Là, en haut du Palatin, Sabine aperçut une armée qui s'avançait, traînant des prisonnières enchaînées, des milliers de femmes attachées en rangs derrière des chevaux.

La plupart des hommes allaient à pied, baignés de sueur, recouverts de poussière. C'était une bande plus qu'une armée. On ne pouvait discerner ni gradé ni ordre de marche. À en juger par leur accoutrement, ils venaient de partout, d'aussi loin que la Gaule et l'empire Perse. C'étaient des mercenaires, des fugitifs et des proscrits. Des aventuriers.

À leur tête, Romulus, le fondateur de Rome, rêvait d'avenir.

Depuis des années, il essayait en vain de rassembler une armée d'hommes qui défendrait les territoires sur lesquels il se proclamait roi. Mais il n'avait réussi qu'à attirer des hors-la-loi qui l'accompagnaient le temps de quelques pillages avant de continuer leurs aventures ailleurs. À chaque combat, une partie de son armée désertait. Chaque fois qu'il fallait partager un butin, une partie de ses soldats se battaient entre eux pour s'approprier les meilleurs morceaux. Ces hommes féroces faisaient craindre Romulus dans toute la péninsule italienne, mais Rome ne grandissait pas, restait un petit village fortifié.

C'était de Rome que Romulus rêvait. Et si Rome était bien là, au sommet du Palatin, il n'y avait par contre pas encore de Romains. Et sans Romains, Romulus avait compris que Rome allait mourir avec lui, que rien ni personne ne poursuivrait sa construction après sa mort. Il en rageait. Rome n'avait pas de descendance. Rome était stérile. Alors il lui fallait des Romains. Il lui en fallait des familles entières, bien enracinées dans sa ville : des commerçants et des ouvriers ; des hommes pour semer et récolter, construire et commercer ; des hommes qui prendraient les armes pour défendre leurs biens et élargir leur prospérité.

Un peuple.

Un peuple de Romains.

Mais d'abord, il lui fallait des femmes. Car les peuples naissent du ventre des femmes. Or, les promesses de pillages et de butins avec lesquelles il attirait ses mercenaires n'en amenaient aucune à Rome.

Pourtant, il y avait des femmes dans la péninsule italienne. Longtemps avant l'arrivée de Romulus, les Sabins, un peuple prospère, y vivaient d'élevage et de leurs champs. Lorsque Romulus les convia à un festival en leur honneur, les Sabins acceptèrent, voyant là un geste de bonne volonté de la part de leur voisin guerrier. Durant les festivités, Romulus fit enlever leurs femmes, les Sabines, pour les ramener à Rome et les distribuer à ses hommes. Ainsi naîtrait une première génération de Romains. Et chaque enfant qui par la suite verrait le jour dans l'enceinte de la cité approfondirait les racines et la légitimité de ce peuple nouveau.

Sabine vit donc entrer dans Rome des milliers de femmes enchaînées. Parmi elles, une fillette à peine nubile, le corps tendu, les poings fermés, lui ressemblait à s'y méprendre.

Elle fut menée comme les autres sur une place publique et donnée à un mercenaire en guise de butin. Ils passèrent devant Romulus qui, épée en main, les déclara mariés et romains. L'instant d'après, elle se trouva couchée sous lui, impuissante.

Il lui tenait les jambes écartées en poussant sur ses chevilles au point de lui désarticuler le bassin. En proie à la confusion et à la panique, le ventre déchiré de douleur, les dents serrées de rage, elle ferma les yeux pour ne plus le voir, ni l'entendre, ni le sentir en elle. Et à force de concentration, les sensations s'estompèrent peu à peu. Elle ne sentait plus qu'un léger soubresaut à chaque coup qu'elle recevait entre les jambes en se faisant pénétrer. Elle ne percevait plus les sons extérieurs, mais dans son ventre, à chaque coup, résonnait comme un écho : « Rome est éternelle. »

Dix fois, vingt fois, cent fois : « Rome est éternelle. Rome est éternelle. Rome est éternelle… » comme de la bouche même de Romulus ; et elle comprit que ce viol n'en finirait plus ; que cette rage allait balayer toute la péninsule italienne, et puis Carthage, la Grèce, l'Asie mineure, la Judée, la Syrie, l'Espagne et la Gaule.

Lorsque le Romain eut terminé sa besogne, il la laissa seule, enfermée dans ce qui lui servait de chambre. Elle se recroquevilla dans un coin, l'intérieur des cuisses barbouillé de sang. Elle croyait perdre l'esprit. Les visages d'Auguste, de Titus, de César, d'Hadrien, de Néron et de Constantin se succédaient en ronde dans sa tête. Un sénat, des tribunaux, des temples et des palais aussi. La république et puis l'empire…

Elle enfonça ses doigts profondément dans son vagin pour recracher le sperme du Romain ; mais elle savait son geste vain. Il ne l'avait pas seulement violée, il lui avait volé son ventre.

Alors elle serra les poings et jura de lui donner une fille. Et dans la chair de cette fille s'inscrirait et survivrait sa mémoire. Et la mémoire de cette enfant, ajoutée à la sienne, s'inscrirait dans la chair de son enfant à elle, de sa propre fille. Si Rome devait vivre, si ses institutions devaient survivre à l'effondrement de son empire et si les chants de ses poètes devaient résonner au delà de la tombe, alors le témoignage de ce viol, de ce vol, de cette fêlure dès l'origine devait survivre aussi, aussi loin que Rome projetterait son rayonnement.

Tremblante de rage, elle ovula...

La conscience de Sabine refit surface dans son corps étourdi par la danse. Elle tituba puis s'effondra sur le sol. À genoux, essoufflée, elle respirait bruyamment. On aurait dit le grognement d'un fauve sur le point de bondir. Alors, brusquement, tout son fluide, cette force qui émanait de sa simple présence sur des kilomètres autour d'elle, fut rappelé vers son ventre. Un bruit assourdissant retentit, comme le claquement d'un fouet, et Sabine fut soulevée de terre par la violence du repli. À ce moment, suspendue au-dessus du sol, elle ovula à son tour.

Ce fut comme une détonation. Et le choc de cette explosion se répandit depuis son ventre à une vitesse hallucinante. Les Bédouins, dans le désert, virent une vague courir sur le sable qui, en passant, faucha les chameaux et les hommes. Ce frisson frappa de plein fouet les eaux de la mer Caspienne, de la mer Morte, puis de la Méditerranée. Sur les rives du golfe d'Oman, on vit une lame déferlante s'éloigner du bord vers le large. Des masses d'eau énormes, poussées vers l'océan Indien, firent dévier les courants chauds et les courants froids sur leur passage, et amplifièrent les marées.

Puis les courants revinrent sur leurs trajectoires.

Cette agitation dans l'océan amorça des courants d'air chauds là où ils étaient normalement froids ; et froids là où ils étaient habituellement chauds. Dans le vaste ciel, de gigantesques spirales de vent commencèrent lentement leur danse, annonçant le pire.

Sabine, bouleversée, resta couchée sur le sol. La nourrice, alertée par l'étrange claquement dans l'air, se précipita vers sa chambre. Elle y trouva Sabine métamorphosée. L'expression de ses yeux et de ses traits semblaient changer continuellement, comme si une foule de visages se succédait sur sa figure sans qu'aucun n'arrive à s'y fixer. Dans sa chair si dense, toutes les mères de Sabine refaisaient surface. Elle semblait délirer, prise de fièvre. Elle gémissait, se tordait et agitait les bras en l'air comme pour s'agripper à quelque chose.

La nourrice se mit à genoux à côté d'elle et lui caressa tendrement les cheveux jusqu'à ce qu'elle trouve le sommeil.

Lorsque Sabine se réveilla, l'avion du mollah avait atterri et, dans les rues qui menaient au palais royal, une foule immense se bousculait pour l'acclamer au passage de sa limousine.

Au même moment, un orage hallucinant déchirait le ciel au-dessus de l'île de Socotora, au large des côtes du Yémen. Des vents d'une rage peu commune rasèrent toutes les habitations de l'île, donnant une telle vélocité aux gouttes de pluie qu'elles pouvaient assommer un bœuf avant de le noyer. Peu de gens purent se mettre à l'abri parmi les quelque quinze mille insulaires ; et ceux qui y parvinrent ne furent sauvés que pour voir une lame énorme s'abattre sur eux, comme si le bassin somalien eut été soulevé, puis déversé sur l'île.

On parla de la catastrophe. Mais le monde entier était tourné vers Téhéran, le mollah et sa révolution. Et la nourrice, qui connaissait bien cet homme, implora Sabine de fuir avec elle. Elle savait d'instinct que la prophétie de la venue du Mahdi ne serait pas sans conséquence.

Sabine accepta.

Les deux femmes enfilèrent chacune un long tchador, se couvrirent d'un voile et marchèrent vers Téhéran pour se rendre à la maison d'une amie connue au ghetto. Avec son aide, et contre une petite fortune, un homme les transporta vers Khoy, près de la frontière turque, déclarant à chaque barrage être le mari de la nourrice et le père de Sabine. Les gardes n'étaient pas des militaires, seulement des révolutionnaires improvisés, heureux de se voir confier des armes et un peu d'autorité. Il suffisait de ne pas les froisser, d'y mettre le même sérieux pitoyable, pour pouvoir passer. Mais la nourrice était quand même impressionnée de tout ce déploiement. À chaque poste, on avait relevé le numéro de plaque de leur véhicule ; et elle savait que le chauffeur ne les protégerait pas s'il était éventuellement interrogé. Alors, usant de ses contacts et d'encore beaucoup d'argent, elle traversa la frontière turque avec Sabine et se rendit à Istanbul.

Elles durent s'arrêter là quelques jours. Les règles de Sabine commençaient et provoquaient chez elle un tel état de dépression qu'elle avait peine à se mouvoir. D'heure en heure, sa peau devenait grise et cireuse, ses yeux perdaient leur éclat et sa respiration devint si faible qu'on aurait pu la croire morte.

Durant cette escale forcée, la nourrice put de nouveau reprendre contact avec des femmes venues au ghetto au cours des années précédentes. Elle fut reçue et cachée, mais on confirma aussi sa pire crainte : Sabine était recherchée. La révolution du mollah avait électrisé le monde arabe. À l'action politique se mêlait du mysticisme ; et la rumeur de la venue prochaine du Mahdi prenait des formes étranges depuis les confins du Pakistan jusqu'aux rues des villages musulmans de Yougoslavie. On décrivait parfois une femme enceinte, énorme et féroce, à chevelure de Méduse ; d'autres parlaient d'une grand-mère sage et tendre, miraculeusement féconde à l'âge de quatre-vingt-douze ans ; et certains disaient avoir vu une géante à peau couleur d'ébène, enceinte jusqu'aux yeux, traverser l'Afrique à pied en direction de l'Arabie saoudite. Mais Sabine avait été vue à plusieurs reprises au ghetto. Il y avait donc aussi des hommes qui cherchaient et faisaient chercher deux Iraniennes — une fillette et une femme d'un certain âge — voyageant seules. Et ceux-là gagnaient du terrain…

Lorsque les règles de Sabine furent terminées, elles purent reprendre la fuite. On organisa leur passage au Liban, dans un quartier maronite de Beyrouth.

Mais Beyrouth n'était pas sûr. La situation, déjà précaire sous la garde du FINUL, devenait explosive avec la révolution islamique iranienne. Les fedayins, les milices druzes et les soldats du Amal, en plus de se battre entre eux, redoublaient chacun d'ardeur contre les phalanges de Gemayel et l'armée du Liban-Sud. Encouragés par les événements en Iran, on rêvait de grande offensive, de victoire décisive, de la chute d'Israël et de l'humiliation des États-Unis.

Dans le ventre de Sabine, par contre, une deuxième ovulation se préparait. Elle comptait les jours, effrayée. Elle réclamait continuellement la présence de sa nourrice. La nuit, elles dormaient ensemble et Sabine pouvait s'imprégner de son odeur ; mais le jour, la nourrice devait organiser leur fuite. Elle comprenait que Sabine ne pouvait rester au Proche-Orient encore bien longtemps et s'occupait de leur passage en France. Mais les préparatifs étaient difficiles ; et Sabine ovula au Liban.

Seule dans la cour de la maison où elle vivait cachée avec sa nourrice, Sabine put sentir le moment approcher. Elle s'adossa contre le tronc d'un grand cèdre, ferma les yeux, posa ses mains à plat sur son ventre et attendit, résignée. Bientôt, un pincement discret dans son flanc gauche lui indiqua qu'un ovule s'engageait dans sa trompe de Fallope. Du coup, le grand cèdre contre lequel elle s'appuyait fendit en deux, depuis la cime jusqu'aux racines, et bascula dans la rue. Le sol autour du tronc s'effondra sur quelques mètres, formant un cratère au fond duquel Sabine glissa, comme avalée par la terre. Le choc fut si grand que tout le plateau continental fut secoué. Un frisson courut sous l'écorce de la planète, faisant pression sur la tectonique des plaques, le long de l'Himalaya, de l'Afghanistan jusqu'en Chine. D'immenses plateaux de roches souterraines s'embrasèrent ; et la lave remonta si près de la surface, par endroits, que des lacs entiers se mirent à bouillir, jetant dans l'air des colonnes de vapeur blanche qui s'élevèrent comme les piliers d'un temple. Ces énormes nuages de vapeur, et le corridor d'air chaud qu'ils provoquèrent au-dessus de la Chine, créèrent un tel système dépressionnaire que la température chuta de quinze degrés en Inde, en Birmanie et en Thaïlande. Les nuages d'eau crachés par les lacs en ébullition furent entraînés par des vents violents le long du littoral du golfe du Bengale, jusqu'au Sri Lanka.

Il neigea d'abord de Jaffna à Matara. C'était une neige cristalline qui ressemblait à de petits éclats de verre. À Colombo, la capitale, le vent qui s'engouffrait entre les édifices charriait ces petits cristaux et les soulevait très haut dans les airs en débouchant aux carrefours. On aurait dit alors qu'un grand voile blanc translucide, comme le pan d'une robe agitée par la brise, avait été jeté du ciel sur la ville.

Il en tomba des mètres.

Lorsque la température se réchauffa, des orages incroyables explosèrent en haute altitude, poussant les nuages et l'air froid vers le sol. Une tempête de grêlons gros comme des boules de billard se déclencha aussitôt. Ils atteignirent de telles vitesses qu'un seul grêlon pouvait fracasser un tronc d'arbre en le percutant.

Il ne subsista rien des villes et villages du Sri Lanka, que des ruines enfermées dans un sarcophage de glace, trois mois durant.

Ce frémissement de la terre souleva aussi légèrement le fond marin, le long de la fosse de Mentawai. Il ne resta rien des îles de la Sonde, sur le passage du raz de marée que provoqua ce mouvement au fond de l'abysse, que Sumatra.

Il y eut beaucoup de morts.

La nourrice retrouva Sabine au fond du cratère, parmi les racines du cèdre fendu. Il y avait encore sur son visage cette expression folle et mutante. Elle était agitée. Elle grognait et se tordait douloureusement.

Il lui fallut plusieurs jours pour retrouver son calme.

Elles vinrent à bout de passer en France. On leur trouva un petit appartement dans le Quartier latin, loin des secteurs arabes où le mollah s'était fait nombre d'alliés du temps de son exil. Sabine y restait enfermée. Elle était inconsolable. Elle aurait voulu cesser d'ovuler et que s'efface la mémoire accumulée en elle. C'était chaque fois comme si les cris de centaines de femmes à travers les millénaires devenaient un seul, dans son ventre, au moment de son ovulation. Ce n'était pas de la lucidité ni du langage. C'était une intimité insoutenable.

Et la terre tremblait comme une toile…

Mais elle n'y pouvait rien. Elle ovulerait de nouveau. Ce n'était qu'une question de jours. Un cycle était lancé.

Un jour donc, toutes les fenêtres de l'immeuble où Sabine et sa nourrice habitaient furent soufflées comme par une explosion. L'onde de choc, comme un vent violent, balaya Paris, jetant les passants à plat ventre sur les trottoirs. La Seine, furieuse, arracha des ponts, avala les péniches et inonda les sous-sols du Louvre. L'île de la Cité et l'île Saint-Louis furent recouvertes d'une épaisse couche de boue nauséabonde. Notre-Dame en avait jusqu'aux clochers. Et les rues, sur la rive gauche jusqu'au boulevard Saint-Germain, et sur la rive droite jusqu'à la rue de Rivoli, puaient tellement sous les déchets que la Seine avait recrachés sur elles que Paris en fut paralysé plusieurs jours.

Les volcans italiens entrèrent en éruption, l'un après l'autre, comme des charges de dynamite alignées par un ingénieur.

En Afrique, les plus grandes rivières affluentes du lac Tanganyika débordèrent subitement. L'eau mit du temps à se retirer des terres, formant des marais infects çà et là au Zaïre et en Tanzanie. Des nuages opaques d'insectes vrombissaient au-dessus de la boue où pourrissaient des cadavres humains et animaux. On mit tout en œuvre pour les assainir, différents pays participèrent à l'effort, mais d'étranges fièvres commencèrent à se manifester. Elles étaient vicieuses et tuaient en moins d'une semaine. Elles furent dépistées d'abord au Zaïre et en Tanzanie, ensuite au Congo, en Angola, en Zambie, au Kenya et au Mozambique. On fit pression pour faire fermer les aéroports et installer des barrages sur les routes frontalières ; la Croix-Rouge organisa la plus importante mobilisation de son histoire ; l'OMS déclara un état d'urgence ; mais les gouvernements africains furent si lents à réagir, y mirent tant de mauvaise foi et de considérations politiques que l'Afrique équatoriale, entre les quinzièmes parallèles boréal et austral, fut mise en quarantaine par le reste du monde. L'acheminement des secours et des médicaments, grandement ralenti par les dispositifs de sécurité, ne parvinrent plus qu'au compte-gouttes, et les fièvres se répandirent massivement dans les populations. Les médecins prédirent que, à part un faible pourcentage d'hommes et de femmes immunisés naturellement, on ne compterait probablement pas de survivants.

Les groupes chiites étaient bien organisés à Paris. Tôt ou tard Sabine serait démasquée. À bout de souffle, la nourrice se résolut donc à traverser l'Atlantique, à se rendre en Amérique. Depuis Paris, un contact fut établi à Montréal, au Québec. Elles partirent aussitôt.

À bord de l'avion, Sabine pleurait, le visage caché sous son tchador. Sa nourrice, épuisée, semblait désormais effrayée d'elle. Elle ne lui parlait plus beaucoup, la regardait étrangement.

Sabine comprenait la force de ses ovulations, mais ne les contrôlait pas. Chaque fois, le phénomène avait été plus violent et les conséquences plus graves. Avec cette progression exponentielle, le monde n'en avait plus pour longtemps. Deux ou trois ovulations encore, et la planète décrocherait de son orbite, sûrement. Du coin de l'œil, elle regardait les visages des passagers autour d'elle. L'hôtesse passait dans les allées, leur servait des boissons, des choses à grignoter. Ils étaient tous condamnés. Elle se sentait si petite, si faible. Comment empêcher l'inévitable? L'autodafé. Le reniement. Le suicide. En avait-elle le droit?

Résignée et amère, elle savait que nul ne pouvait faire en sorte qu'elle n'ovule plus. La mémoire millénaire de ses mères se ferait entendre jusqu'au bout. Elle n'y pouvait rien.

La fin du monde est proche.
Rien ni personne ne sera sauvé.

Mon Pontife, ahuri, ne savait plus où donner de la tête. Depuis le temps qu'il beuglait ses sermons apocalyptiques, les voir se réaliser le déroutait complètement. Les images les plus saisissantes des catastrophes provoquées par les ovulations de Sabine passaient sans relâche sur toutes les chaînes de télévision. On ne parlait plus que de cela. On en parlait tant que quelques météorologues oubliés au fond de leurs observatoires devinrent des personnalités publiques du jour au lendemain. Chacun avait sa théorie sur la cause de ces phénomènes. On s'entendait généralement sur un certain réchauffement de l'atmosphère terrestre, sur les effets pervers de l'industrialisation et de la déforestation ; mais le lien entre ces observations et les événements climatiques en question restait difficile à établir. Alors on y allait de théories. Chacun avait la sienne. Le Pontife, bien sûr, en avait une aussi — c'est-à-dire la mienne — et, de mois en mois, elle devenait aussi crédible que celle des autres, pour un nombre croissant d'individus.

Les Élus, d'abord, tombèrent comme des mouches, exaltés…

« Veux-tu dans la lumière inconcevable et pure,
Ouvrir tes yeux par les ténèbres appesantis ?
Le veux-tu ?
Réponds !
Oui, criai-je.
Alors, d'un pan de son voile tous les objets terrestres disparus,
Il me toucha le front du doigt, et je mourus. »

Ils s'en allaient rejoindre Dieu, par groupes de dix ou vingt. Dans les campagnes, les banlieues et les villes, on retrouvait leurs cadavres placés en cercle, en triangle ou en rangées devant un autel, sous un pendule. Le poison, de loin, restait le moyen de délivrance le plus populaire. Mais d'autres se pendaient, s'ouvraient les veines ou se laissaient abattre par un des leurs, qui se suicidait une fois le travail accompli. Chaque petit groupe y mettait du sien.

Ainsi, à chaque nouvelle catastrophe, chaque fois que des images de destruction arrivaient d'un coin ou l'autre de la planète, il suffisait d'un jour pour que suivent les images des corps des Élus suicidés. Car c'étaient bien ces petites apocalypses météorologiques qui déclenchaient chaque fois une vague de suicides chez les Élus.

Harcelé par la police, abandonné de ses associés, le Pontife buvait beaucoup. Il ne dormait plus, ne mangeait plus, ne se lavait plus. Chaque mercredi il célébrait sa messe, hurlait à la mort et à l'arrivée prochaine du jour dernier. Les lèvres tremblantes, les cheveux fous, les yeux injectés de sang, il se surpassait. Il croyait désormais. Dieu parlait par son entremise. On aurait dit le roi Lear, ou bien Hamlet, ou bien Othello en plein soliloque, au dernier acte.

Tragique, il était. Véritablement tragique.

Et les Élus tombaient...

Mais bien pire encore, cette succession d'images de catastrophes à la télévision, suivie de suicides tous les vingt-neuf jours, gagna l'imaginaire du public. On se mit à parler d'apocalypse dans les salons, autour des tables et dans les lits. C'était comme un crachin qui traverse tout. Un petit murmure collectif, une pensée parasite que rien ne pouvait exorciser. Une fois sa journée faite, quand le soir tombait, un homme parfaitement équilibré se surprenait en train de penser à tout cela, inquiet. Et il en parlait à sa conjointe qui lui avouait avoir les même songes.

On était au bord d'une épidémie.

Les lignes ouvertes à la radio, les émissions de chaises à la télévision, les tabloïds, sensibles aux humeurs populaires, n'en avaient plus que pour l'insolite et l'étrange en cette fin de millénaire. Et si on avait fait taire tout cela, si on avait fait taire les moteurs, les outils, les hommes et leurs machines, il

serait resté un marmonnement plaintif : « La fin est proche »,
comme un soupir sur la ville.

De la névrose collective.

Mais un instinct, aussi : Sabine arrivait.

J'étais atterré. Le poids de ma responsabilité dans cette
affaire m'étouffait. J'avais voulu tuer un homme ; c'était vrai.
Mais je n'avais jamais voulu les tuer tous ! J'étais bien, curé ;
c'était vrai. Mais je n'étais pas l'objet du culte de mes paroissiens ! Entendez-moi :

JE NE SUIS PAS COUPABLE DE CE CIRQUE ATROCE !

Pas plus qu'on ne peut blâmer les autres dieux pour l'In-
quisition, les bûchers, les guerres et les mutilations. Nous
sommes innocents, tous.

Si seulement j'avais pu prendre la parole... Mais j'étais
tout aussi muet et incapable d'intervenir que Yahvé, le Christ
ou Allah. Tout aussi incapable d'humanité. Mon corps, séparé
de sa souffrance, ne m'était plus d'aucun secours. Et cette
souffrance apaisée qui me servait de lucidité refusait de réin-
tégrer mon corps. Le culte me bâillonnait tout entier. J'étais
comme un général surplombant le champ de bataille, broyé
de remords devant la tuerie imminente, mais qui ne peut rien
faire sinon ordonner la charge.

Dépossédé...

Je me débattais comme un fou pour reprendre ce corps si
détesté. Je voulais de nouveau sentir le sol sous mes pieds, les
sons résonner dans ma tête et les odeurs, ne serait-ce que les
miennes, m'envahir par le nez. Je voulais voir, de mes yeux
voir ; et goûter de ma bouche le goût des choses.

Vivre !

Ç'aurait été la seule façon de réveiller ces abrutis qui ne
rêvaient plus que de mort et de Jugement dernier !

J'en étais incapable pourtant. Je n'étais plus qu'une statue
qu'une hyène ignoble faisait parler. Et soudain, j'en étais
rendu à vouloir sauver l'humanité. Quelle ironie ! Moi, Monet
Martin, enfant cubiste, j'aurais voulu vous sauver...

Lorsque Sabine posa le pied en sol québécois, j'en eus immédiatement la vision saisissante.

Elle s'installa avec sa nourrice dans un appartement près du port de Montréal, à peine un demi-kilomètre à l'est du restaurant où mon Pontife avait bâti son église, là où mon corps passait le plus clair de son temps. Si près d'elle, j'avais l'étrange impression de retrouver ma chair. J'arrivais quasiment à sentir l'odeur de café qui régnait dans le boui-boui.

La nourrice, si loin de son désert, était désorientée. C'était un effort de quitter le lit. Or, les deux femmes n'en pouvaient plus de fuir. Elles étaient épuisées. Et Sabine, en plus, savait bien que leur fuite était vaine…

Un jour qu'elles étaient sorties acheter des victuailles, elles passèrent juste devant le restaurant. Et là, une chose extraordinaire se produisit. Quand Sabine passa devant les fenêtres, je fus rappelé dans mon corps si brusquement que je m'effondrai à plat ventre sur le sol. Je ne rêvais pas. La sensation de la céramique froide contre ma joue, l'odeur d'ammoniaque du plancher, la lumière du jour, les bruits de la rue, le goût du sang qui coulait de ma lèvre fendue… j'avais bel et bien réintégré mon corps ! Ignoblement laid, et vivant. Incarné de nouveau.

Je me levai et courus vers les fenêtres. Deux ombres noires passaient, deux grands tchadors agités par le vent. Sabine se retourna. Je ne vis que ses yeux. Des yeux fous et incroyables qui grondaient, qui me fixèrent du coup comme le Christ sur sa croix. Je voulais la suivre, la rejoindre dans la rue, mais elle s'éloignait déjà, et après quelques pas je fus laissé derrière et mon corps s'en retourna docilement au fond de l'église.

Coup de foudre ! J'étais possédé. La seule présence de Sabine faisait de moi un homme. Par elle, j'entrais de nouveau en contact avec le monde, avec un corps et une voix. Avec elle, tout devenait possible. Avec elle, j'aurais pu agir, me débattre et crier, empêcher le massacre que mon Pontife orchestrait. Sabine! Sabine! Sabine! Rien ni personne ne fut désiré comme je désirai Sabine!

Elle devait le ressentir aussi, car le lendemain elle revint avec sa nourrice et se plaça de l'autre côté de la rue, devant le restaurant. Dès qu'elle arriva, je réintégrai mon corps. J'étais seul avec le Pontife qui, affairé à la rédaction d'encore un autre sermon, sursauta. Il fut tellement saisi qu'il en resta figé sur place alors que je me précipitais vers les fenêtres.

Elle était là. Son regard m'interdisait d'aller la rejoindre, mais elle était là. Elle semblait me mesurer, me soupeser. Tout mon être lui criait de rester près de moi, lui criait l'urgence de m'accepter à ses côtés, de souffrir ma présence, moi le plus laid des hommes, de m'aimer peut-être.

Elle resta ainsi de longues minutes, puis s'en retourna. Et mon visage redevint gris.

Mais le lendemain, elle était de retour. Encore une fois, elle garda ses distances. Encore une fois, les mains et la face plaquées contre les fenêtres, j'implorai de tout mon être la faveur d'être près d'elle. Encore une fois, elle sembla intriguée. On aurait dit qu'elle tentait de me jauger. Encore une fois, elle s'en retourna.

Elle revint ainsi tous les jours, dix jours durant. Quatre fois, mon Pontife fut témoin de la scène. Mais que pouvait-il y faire? Rien. Dix jours durant, quoique agonisant, je me retins de courir vers elle. Appelez ça la foi. Et au dixième jour, alors que j'étais seul, elle traversa la rue et vint vers moi.

Sa nourrice resta près de la porte du vestibule, et Sabine avança. C'était une fillette à peine nubile. Elle était terrible. Je reculai contre le mur.

Elle détacha d'abord son voile. Son visage d'une beauté incroyable exprimait une détermination tranquille. Dans ses yeux, reflété dans ses prunelles noires, j'apercevais mon visage apeuré. Elle fit un sourire, pour me calmer, je crois. Puis, à quelques pas de moi, elle ouvrit les pans de son tchador et me dévoila son corps.

J'étais sidéré. Ses muscles souples s'animaient sous sa peau basanée. Son corps dansait simplement en marchant. Et mon désir fut si fort que j'en perdis pied. Adossé au mur, je poussai stupidement contre le sol avec mes mains pour m'éloigner. Le désir fou. Mais c'est le désir qui permet tout.

Arrivée à ma hauteur, elle m'enjamba. Elle défit mon pantalon, glissa ses mains sous mon chandail pour me dévêtir et se pencha vers moi. Ses seins frôlèrent ma poitrine et, aux endroits exacts où elle me touchait, ma peau toute grise et froide se réchauffait, devenait presque rose. Son visage, au-dessus du mien, restait fixe. Ses cheveux tombaient sur mes épaules et me noyaient de leur odeur. Le souffle de sa bouche entrouverte me réchauffait comme un vent sec. Et mon visage tout rabougri, gris et crispé, ma laideur mille fois enlaidie par ma vie de reniement et de dégoût, s'ouvrit.

Je sentis sa main se refermer sur mon pénis et elle me guida en elle. Elle se cambra légèrement, gémit un peu, puis plaqua son corps contre le mien et bougea le bassin de haut en bas, lentement d'abord puis plus rapidement. Les pans de son tchador tombaient de chaque côté d'elle et m'envelop-paient aussi. J'étais en elle, corps et âme, intime au centre du repli le plus secret, le plus jalousement défendu des femmes. J'étais dans son corps et sous son voile, au delà de toute fron-tière. Elle m'enveloppait tout entière, sous sa peau, dans sa chair ; et la nourrice, quelques pas derrière nous, pleurait.

C'était comme si mon pénis était un cordon ombilical qui pompait de son ventre ma propre chair. J'étais une enveloppe vide, elle m'emplissait. Dans mes hanches d'abord, puis dans mon ventre et dans mes jambes, je sentis la vigueur, le sang, l'appétit… la vie m'envahir. Et une fois venu au monde, corps et âme au monde, je me mis à lui faire l'amour. Mes mains, ma bouche, mes yeux parcouraient son corps des pieds à la tête. J'étais fou. Je faisais glisser mon pénis sur son ventre, entre ses seins, sur ses lèvres. Elle le caressait, l'embrassait, le gui-dait. Je la pénétrais, elle poussait ses hanches contre moi, amorçait le rythme et glissait ses mains derrière ma nuque.

Et j'aurais voulu que cela dure toujours, Sabineamour. Mais je fus subitement soulevé de terre par une sensation incroyable. Tout mon corps se raidit, le souffle coupé, comme coincé dans un étau terrible, avant de jouir si fort, si long-temps, si pleinement que j'en perdis connaissance.

Sabine, à ce moment, ovula.

Mais il n'y eut pas le moindre petit coup de vent, ni le plus petit tressaillement de la terre.

Quand je revins à moi, elle était accroupie juste à côté. Elle caressa mon visage. Elle semblait triste un peu. Puis elle leva un bras en avançant sa main vers moi ; et « Alors, d'un pan de son voile tous les objets terrestres disparus ; Sabine me toucha le front du doigt, et je mourus… »

# ÉPILOGUE

# Le nouveau monde

Et j'allai vers l'ange, en lui disant de me donner le petit livre. Et il me dit: Prends-le, et avale-le; il sera amer à tes entrailles, mais dans ta bouche il sera doux comme du miel. Je pris le petit livre de la main de l'ange, et je l'avalai; il fut dans ma bouche doux comme du miel, mais quand je l'eus avalé, mes entrailles furent remplies d'amertume. Puis on me dit: Il faut que tu prophétises de nouveau sur beaucoup de peuples, de nations, de langues, et de rois.

Apocalypse, 10: 9-11

Ah! si vous pouviez voir le monde, tel que le monde apparaît depuis le ventre de Sabine! Tout y est plus simple! Si simple! Même moi, Monet Martin, enfant cubiste... Je baigne maintenant dans sa chair, son sang, et le lait de sa nourrice où toutes les mères de Sabine me visitent et me fabriquent, brique après brique. Je me laisse bercer dans les rouages miraculeux de la fécondité. J'entends sa voix comme un écho lointain. Je sens ses humeurs et ses mouvements. Je sais quand elle dort. Je perçois ses rêves. Nous ne sommes qu'un.

Tout n'est qu'espoir maintenant.

Car je parlerai aux fanatiques comme aux timides. Je parlerai aux gueux comme aux riches. Je parlerai aux forts comme aux faibles. Et je leur dirai à tous, en murmures, dans l'intimité de leurs songes les plus secrets: «Je suis le pardon d'une Sabine. Il faut aimer.»

# Table

DANGER

**LE
PHOTOCOPILLAGE
TUE LE LIVRE**

*Cet ouvrage
composé en Palatino corps 11 sur 13
a été achevé d'imprimer
en avril mil neuf cent quatre-vingt-dix-neuf
sur les presses de
Marc Veilleux imprimeur inc.,
Boucherville (Québec).*